HIGHLIGHTSVERLAG

»Luigi war dicht hinter ihm, das Blaulicht zuckte im grellen Sonnenlicht. Er überholte Axel, setzte plötzlich den Blinker nach rechts und bog vor einer Verkehrsinsel und einer Menge Straßenschilder scharf ab, wobei etwas in der Nähe seines Stiefels Funken fliegen ließ. Axel bremste, schaltete zwei Gänge herunter und bog, immer noch auf der Bremse, in Schräglage mit Luigi ab. Erst nachdem er die BMW nach der Kurve wieder aufgerichtet hatte und Gas gab, kam der Schrecken über ihn. Ohne die antrainierten Bewegungsabläufe aus vielen Rennstrecken-Trainings hätte er die Nine T wohl überbremst und geradeaus in die Straßenschilder auf der Verkehrsinsel gesetzt.«

Eigentlich wollte Kripo-Kommissar Axel Schröder aus Köln mit seinem Freund Paul einfach nur einen tollen Motorradurlaub in den Dolomiten verbringen. Doch Paul, der zu Hause in Köln bei der Motorradpolizei Streife fährt, verschwindet gleich am Morgen der ersten Tour auf unerklärliche Weise. Zusammen mit dem italienischen Motorradpolizisten Luigi Biaggi nimmt Schröder die Spur auf und stößt bald auf einen Sumpf aus gestohlenen Motorrädern und organisierter Kriminalität. Eine dramatische Verfolgungsjagd führt Schröder auf das legendäre Sellajoch.

Frank Marx

Der Motorrad-Bulle auf Hetzjagd am Sellajoch

Motorrad-Krimi

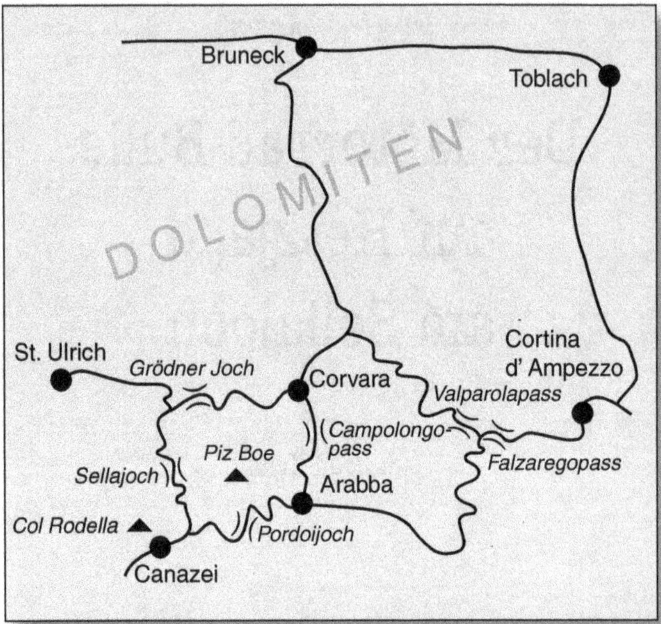

1. Auflage 2015

Fotos: © BMW AG, München
© Sylva Harasim
Lektorat und Korrektorat: Martin Schempp, Sylva Harasim
Satz und Gestaltung: Sylva Harasim
Druck und Bindung: CPI - Ebner & Spiegel, Ulm

Print-ISBN: 978-3-933385-83-3
eBook-ISBN: 978-3-945784-10-5

Gedächtnis ist Phantasie mit Bewusstsein.
Immanuel Kant

Der Raubvogel hoch über ihm flog einen eleganten Halbkreis und blieb vor der Silhouette des Piz Boe auf der Stelle stehen, ohne mit den Flügeln zu schlagen. Axel blinzelte in die alpine Sommersonne. Was zum …? Gab es dank der Klimaerwärmung bereits mutierte Riesenkolibris in den Dolomiten? Durch seinen Helm hörte er das feine Surren eines Elektromotors. Axel blinzelte noch einmal und erkannte die Kameradrohne wieder, deren Akkus der Kameramann des *Motorrad*-Testteams gestern Abend am Nebentisch gewechselt hatte. »Porco dio«, fluchte Axel in der Sprache des Urlaubslandes in seinen Helm, selbst die Vögel wurden heutzutage schon durch ferngesteuerte Gerätschaften ersetzt. Ein sanfter Stoß riss ihn aus seinen Gedanken. Im Rückspiegel seiner Nine T sah er Paul, der gegen sein Hinterrad gerollt war und ihm einen hochgereckten Daumen präsentierte. Endlich hatte Paul sein Smartphone nach dem gemeinsamen Selfie für Facebook verstaut und es konnte losgehen! Der erste Tag der großen Dolomitentour mit dem besten Freund und Kollegen und einem brandneuen Motorrad. Axels Herz hüpfte, als er den Gang einlegte und sich die zweihundert Kilogramm hochedlen Metalls unter ihm kraftstrotzend bewegten. Er hatte sich die Retro-BMW kürzlich zugelegt, nachdem er im Sommer letzten Jahres überraschend zu einer größeren Summe Geld gekommen war. Seine Füße suchten nach den Fußrasten, die Sitzposition auf der neuen Maschine war ihm trotz zweitausend Einfahrkilometern noch nicht in Fleisch und Blut übergegangen. Am Ende der Woche, nach geschätzten dreihundert Trillionen Kurven, würde das anders sein.

Der fleckige Asphalt führte ihn vom Parkplatz vor dem Hotel Evaldo zur Straße. Axel hielt an und blickte prüfend nach links und rechts. Der Weg war frei. Eine Stimme flüsterte ihm das Ergebnis von vielen Stunden Tourenplanung ins Ohr, ein magisches Wort, dem schon viele Motorradfahrer verfallen waren. Axel wandte sich zu Paul um, der auf seiner GS 1200 hinter ihm auf den Startschuss wartete.

»Sellajoch, wir kommen!«, brüllte Axel in seinen Helm.

Paul nickte mit leerem Blick. Vielleicht hatte er ihn nicht verstanden, aber das war jetzt egal. Axel setzte vorbildlich den Blinker und fuhr los. Der Berg rief und diesem Ruf musste er folgen.

1.

Während die Häuser von Arabba langsam hinter ihnen blieben, schaltete Axel immer höher, bis die Nine T tiefenentspannt niedertourig vor sich hinbollerte. Er wollte es ruhig angehen lassen und auch sich selbst auf eine niedrige Drehzahl bringen. Auf langen Touren ohne zu viele Kurven gelangte er schnell in einen Gemütszustand, in dem er für viele Stunden hellwach, aber in sich gekehrt sitzen konnte, ohne über seine Arbeit bei der Kölner Mordkommission, sein Single-Dasein oder sonst ein weltbewegendes Thema nachzudenken. So ähnlich musste Meditation sein, vermutete er. Und wie immer bei diesen Gelegenheiten dachte er an das Buch *Zen und die Kunst ein Motorrad zu warten*. Er hatte es wie viele andere Motorradfahrer in seinem Bekanntenkreis gelesen und irgendwie gut gefunden, auch wenn der philosophische Teil des Buches langweilig und komplett unverständlich war. Aber die Geschichte des Motorradfahrers, der zusammen mit seinem Sohn auf kleinen Straßen durch Amerika fuhr und über das Leben nachdachte, war faszinierend. Axel nahm sich vor, im Winter dem Buch eine zweite Chance zu geben.

Aber jetzt war es Juni, trotz eintausendsechshundert Höhenmetern erwärmte die Sonne das morgendliche Tal schon auf angenehme zwanzig Grad und hinter zwei scharfen Kurven stieg die Straße immer steiler bergan. »Jetzt geht's los. Jetzt geht's lohos«, rief sich Axel selber zu. Er grinste dämlich. Das Leben war eine Kurve und er hatte vor, es bis zur letzten Abzweigung zu befahren. Mit ruckartigen Hüftbewegungen brachte er die BMW zum Tanzen, ließ sie nach links abfallen, bis die Fahrdynamik sie wieder aufrichtete und er sie zur anderen Seite kippen ließ. Dies war der höchstwahrscheinlich untaugliche Versuch, die Flanken der Reifen ein wenig aufzuwärmen, aber zumindest hatte er guten Grund, das schwarze Gold auf die kommenden Kurven vorzubereiten. Die armen Motorradfahrer in Köln, denen es im Sommer in der Domstadt in der Gashand juckte, verfielen auch manchmal in diese Slalombewegungen, konnten ihren Kurvenhunger aber bis zur nächsten Ampel damit unmöglich befriedigen. Paul und er hatten vor, sich an Dolomitenkurven den Appetit zu verderben.

Der Himmel war seit dem frühen Morgen wolkenlos, immer wenn Axel die BMW mit gleichmäßiger Beschleunigung aus dem Schatten eines Waldstückes zurück in die Sonne katapultierte, war das endlose Blau über ihnen ein wenig intensiver geworden. Überhaupt, die BMW! Leichtfüßig und gleichzeitig mit der Kraft eines austrainierten Kampfstieres bewegte sich die Nine T durch die Kurven, als sei sie in diesem Tal aufgewachsen. Axel blickte in den Rückspiegel um abzuchecken, ob sein Tempo Paul unter Druck setzte, aber dessen rote GS 1200 flackerte im perfekten Abstand im Sonnenlicht hinter ihm. Ein letzter Blick auf die massive Wand mit dem Piz Boe, an dessen Flanke tatsächlich noch ein Rest Schnee zu glitzern schien, dann konzentrierte Axel sich voll und ganz auf die Kurven, die sich vor ihm aneinanderreihten.

Und da kam sie, die erste Hundertachtzig-Grad-Kehre, für die er in den ersten Gang zurückschaltete und über die Schulter schaute, um den Kurvenausgang als Ziel im Auge zu haben. Solch eine extreme Blickführung hatte schon lange keine Streckenführung mehr von ihm verlangt, er musste sich dazu zwingen, sein Unbehagen zu überwinden und den Blick von der Straße direkt vor ihm abzuwenden, um quasi blind in die Kurve zu fahren. Aber die Kurvenfahrt gelang ihm so deutlich runder, er konnte früher zum Kurvenausgang hin beschleunigen und vor allem hielt er Ausschau nach einem entgegenkommenden Auto, einem LKW oder Traktor und – als natürlicher Feind eines Motorradfahrers – einem Wohnmobil oder Wohnwagen. Die letzte Steigerungsmöglichkeit des Bedrohungspotentials war ein Fahrzeug mit niederländischem Kennzeichen. Autofahrer aus einem Land, das die Flachheit der heimatlichen

Landschaft als herausragende Eigenschaft im Namen trug, gerieten in den Bergen gerne mal in einen Schockzustand. Oft nahmen sie dann beide Spuren einer Straße für sich in Anspruch und standen in den schönsten Kurven mit Fahrradgeschwindigkeit im Weg.

Gestern Abend hatte in der Bar des Evaldo am Nebentisch jemand die Geschichte eines holländischen Rentnerpärchens erzählt, das bei der Vorbereitung auf die Reise in die fremde Hochgebirgswelt einen Hinweis auf *Helm und Gurtpflicht* gefunden hatte und in Bozen von der Polizei angehalten wurde, weil beide angegurtet mit einem Integralhelm auf dem Kopf in ihrem Kleinwagen durch die Stadt fuhren. Axel lachte mit den anderen, als er die Geschichte hörte, aber er war geneigt, sie zu glauben.

Es war hoch hergegangen in der Bar. Der Raum, voll mit Menschen in Ferienstimmung, ihrerseits voll mit Spirituosen jeglicher Farbe und Herkunft, das Team der Zeitschrift *Motorrad,* jede Menge Motorradfahrer und ein paar erschöpfte Wanderer, die früh schlafen gingen, um im Morgengrauen irgendwelchen Gipfeln entgegenstürmen zu können. Gesprächsfetzen in mindestens vier verschiedenen Sprachen überlagerten sich und bildeten ein babylonisches Wirrwarr an Themen.

Eine schemenhafte Erinnerung stieg in Axel auf. Er hatte einen Satz von einem der Nebentische mitgehört, der ihn ohne zu wissen weshalb irritierte. Auch Paul hatte die Stirn gerunzelt, als sich ihre Blicke trafen, aber nichts gesagt. Einige Stunden später, als Axel weinselig im Bett lag, wollte er Paul auf diesen Satz ansprechen, war aber sofort friedlich eingeschlafen. Mit dem Aufwachen hatte er alles vergessen und auch jetzt erinnerte er sich nicht, was er überhaupt gehört hatte. Vielleicht ging es Paul anders. Bei der nächsten Pause würde er ihn danach fragen.

Wunderschöne Kurven reihten sich aneinander, wie von der Hand eines Künstlers über die Erhebungen des Geländes gelegt, ständig wechselte der Ausblick ins Tal und auf die umliegenden Berggipfel. Auf der Höhe ging es für einen kurzen Moment geradeaus, Axel drehte sich schnell nach Paul um und schwenkte mit dem linken Arm über das wundervolle Panorama um sie herum. Paul hupte fröhlich zurück. Sie verstanden sich ohne Worte. Die Schönheit der Landschaft und die Freude am Fahren gehörten zusammen, waren beide Ausdruck derselben Liebe zum Leben. Axel beschloss, sich diesen Augenblick zu merken und möglichst nie zu vergessen, so als hätte er ein Foto gemacht, das er immer wieder aufrufen und ansehen konnte.

Viel zu schnell erreichten sie das Pordoijoch, wo jede Menge Motorräder, Autos und Busse auf den Parkplätzen bei den Hotels und Restaurants standen. Der Rundblick war großartig, aber sie würden auf keinen Fall anhalten, dafür war ihre Tagestour viel zu jung und ihr Kurvenhunger gerade erst geweckt. Stattdessen rollten sie entspannt, mit nur einer Hand am Lenker, durch den kleinen Ort, winkten ab und zu einer Gruppe interessiert guckender Motorradfahrer zu und bestaunten die zerklüfteten Sandsteinwände, die auf beiden Seiten der Straße das Sonnenlicht reflektierten, bis die Augen vom Hinsehen zu schmerzen anfingen. Nach den letzten Parkplätzen am Joch ging es wieder hinunter ins Tal und weil die Dichte an zweispurigen Fahrzeugen mittlerweile zugenommen hatte, gehörte die Aufmerksamkeit weniger der Ideallinie als dem Platz, den die entgegenkommenden Autos und Busse ihnen dafür übrig ließen. Axel bemühte sich so zu fahren, dass er ab dem Scheitelpunkt der Kurve zum Straßenrand und nicht zur dicht bevölkerten Mitte des Asphalts unterwegs war, wo sich manche Autofahrer großzügig zu seinen Ungunsten verschätzten und bedrohlich weit auf seine Hälfte der Straße treiben ließen.

Sie kamen wieder bis zur Baumgrenze herunter, fuhren zwischen jungen Nadelbäumen mit ihren kalten Schatten, die noch Erinnerungen an die frostigen Winternächte auf dieser Höhe in sich trugen. An der Abzweigung Richtung Sellajoch hielt Axel an. Die Strada Statale vor ihm war breiter, großzügig beschildert und für Automobil-Tourismus ausgelegt, in Wahrheit aber immer noch eine schmale, kurvige Straße durch wilde Bergregionen. Paul hatte sich anscheinend etwas mehr Zeit gelassen, denn seine GS 1200 tauchte nicht im Rückspiegel auf. Axels Gashand zuckte sinnlos und ließ das Standgeräusch der Nine T blitzschnell ein paar Stimmlagen nach oben schnellen. *Es kommt der Tag, da will die Säge sägen.* Irgendwoher von der Festplatte in seinem Gehirn kam unverhofft die Erinnerung an diesen Spruch aus einem Achtziger-Jahre-Film.

Allerdings, dachte Axel, heute ist der Tag, da will der Axel fahren. Er gab Gas, katapultierte sich auf die freie Straße vor ihm und jagte der nächsten Kurve entgegen. Die Streckenführung der Tagestour war fest vereinbart, Paul würde schon nicht verlorengehen.

Die Umrisse von Sylt. Als Aufkleber. Auf dem Kunststoffheck eines Hymermobils. Seit mehreren Stunden starrte Axel auf diesen verlaufenen Spuckefleck vor ihm. Zumindest kam es ihm so vor, wenn er schon wieder einen Überholversuch abbrechen und zurück hinter das Wohnmobil einscheren musste. Eigentlich lagen nur wenige Minuten und noch weniger Kilometer Landstraße zwischen der Stelle, an der er auf die SS242 eingebogen und auf den Straßen sperrenden Hamburger Autofahrer vor ihm aufgelaufen war. Axel atmete tief durch. »Es gibt keinen Grund zur Eile«, sagte er sich. »Das Fahren ist eine Art von Meditation«, wiederholte er, »genieße den Ausblick auf die Landschaft.« Dann vergaß er das alles, peilte an der Kante des grauen Ungetümes vorbei, gab mächtig Gas und sprintete nach vorne, bis er aus dem Schatten des Hymermobils gelangt war. Der Abstand zur nächsten Kurve verringerte sich schnell, zu spät fiel ihm ein, im Rückspiegel die Gefahr eines weiteren ungeduldigen Fahrzeugs hinter ihm zu checken, aber der kurze Blick in das zitternde Bild des Spiegels zeigte weder ein drängelndes Auto noch Motorrad auf seiner Spur. Er lenkte die BMW mit einem energischen Schlenker dicht vor das Wohnmobil. Vor der Kurve könnte er noch einmal beschleunigen und dem Hymermobilator klarmachen, wie spaßvernichtend seine Wanderdüne für andere Verkehrsteilnehmer war, dass ihr natürlicher Lebensraum eigentlich auf den Riesenparkplatz eines Einkaufszentrums oder noch artgerechter auf den Carport ihres Besitzers beschränkt sein sollte. Er gab gerade Gas, als ihn mit der Wucht einer Monsterwelle eine Ahnung überrollte, seine Intuition das Kommando übernahm, ihn halsbrecherisch bremsen und nach rechts auf eine kleine Parkbucht einbiegen ließ. Der Kies flog in alle Richtungen, er kam schlitternd zum Stehen, während das Wohnmobil mit einem lang gezogenen Hupton an ihm vorbeirauschte. Axel atmete hörbar aus, von seinem eigenen Fahrmanöver überrascht. Was war da so heftig über ihn gekommen? Er erinnerte sich an die letzten Sekunden, sein Blick am Wohnmobil vorbei, das Beschleunigen, das Bild im Rückspiegel. Da war niemand zu sehen gewesen. Keine rote GS 1200 als hüpfender Punkt im perfekten Sicherheitsabstand. Es fehlte die BMW. Wo war Paul?

2.

Ein Ehestreit, kein Zweifel. Wüste Beschimpfungen von beiden Seiten, endlose Wiederholungen der immer gleichen Vorwürfe. Axel kannte das, auch wenn seine Trennung von Renate schon einige Jahre zurücklag. Das Vogelpaar auf der Lehne der Parkbank vor ihm warf sich weiter gezwitscherte Beleidigungen zu. Ansonsten war es friedlich hier auf der Parkbucht am Waldrand, ohne Verkehrsgeräusche breitete sich schnell eine tiefe, grundsätzliche Stille aus, die ihn als Großstadtmenschen beinahe nervös machte. Beunruhigend war auch die Abwesenheit von Paul. Er hätte längst auftauchen müssen, egal wie langsam er gefahren war oder wie viele fahrende Straßensperren er hatte überholen müssen. Ihre Vereinbarung lautete, so gut es ging in Sichtweite zu bleiben und ohne Absprache keine Pause einzulegen. Es sei denn, irgendetwas machte einen Halt unabdingbar. Eine technische Panne. Oder ein Unfall. Axel drehte sich zum tausendsten Mal um und blickte auf die Straße hinter ihm. Eine Gruppe von Motorradfahrern donnerte vorbei, alle mit neongrünen Warnwesten, in versetzter Formation, manche mit einem Sprechfunkmikrofon vor dem Mund. Die waren perfekt organisiert und würden das Fehlen eines Kumpels sofort bemerken. Axel wunderte sich über seine eigene Beunruhigung. Garantiert hatte Paul nur einer netten Bikerin geholfen, deren Zündkerzenstecker losvibriert war, was Paul auf den ersten Blick diagnostizierte, beiläufig mit einer Hand in Ordnung brachte, um nun seit zwanzig Minuten Scherze und Lebensweisheiten mit der dankbaren Motorradfahrerin auszutauschen. Die Vorstellung war nett, erreichte Axel aber nicht in den Tiefen seiner Unruhe. Er hatte ein schlechtes Gefühl und das war resistent gegen Beschwichtigungsversuche. Axel starrte auf den Verkehr, ohne wirklich etwas zu sehen. Er horchte in sich hinein. Was war es, wonach er Paul gestern Abend fragen wollte? Eine Bemerkung am Nebentisch, nur halb verstanden und begriffen, konnte doch kaum bedrohlich sein. Irgendwie gehörte diese Bemerkung aber zu seiner Beunruhigung. Ein Kleinbus fuhr vorbei, der gerade von einem Motorrad überholt wurde. Man konnte es nicht sehen, aber das hochdrehende Motorgeräusch des Motorrads legte sich über den Bass des Kleinbusses. Axel startete die Nine T. Er würde nicht länger warten, sondern Paul entgegenfahren. Vielleicht stand er mit einem platten Hinterreifen hinter der letzten Kurve und beschwerte sich lautstark, dass Axel einfach weitergefahren war.

Es macht niemals Spaß, dieselbe Strecke zurückfahren zu müssen und auch diesmal war für Axel die Fahrfreude dahin, obwohl kein Auto im Weg war. Die Sonne brannte mittlerweile beinahe senkrecht von oben auf ihn herab, er freute sich über den Fahrtwind, mit dem er seine Betriebstemperatur wieder ein wenig herunterkühlen konnte. Schneller als erwartet gelangte er wieder zu der Abzweigung zurück zum Pordoijoch. Das kurze Stück bis zum Pass wurde eine Qual. Vor jeder Kurve hoffte Axel, am Straßenrand auf Paul zu stoßen, aber die Gelegenheiten dazu wurden schnell weniger. Schon konnte er oben auf dem Pass das Glitzern der parkenden Autos sehen, die letzten Kurven nach oben waren übersichtlich, ohne einen Blick auf eine rote BMW freizugeben.

Das Treiben rund um die Restaurants hatte noch zugenommen, deutlich mehr Motorradfahrer standen entlang der Straße bei ihren Maschinen, checkten Straßenkarten und führten Benzingespräche mit anderen Motorradreisenden. Auf der Suche nach Paul fuhr Axel so langsam, dass der Autofahrer hinter ihm hupte. Er hielt am Straßenrand und sah sich um. Panik stieg in ihm auf. Es war nicht nur die Angst um Paul, die ihn so aufwühlte, sondern auch das Gefühl, einen wichtigen Hinweis zu übersehen, nicht genug Konzentration aufbringen zu können, um mit seiner Erinnerung alles zu erklären. Er zwang sich, alle Parkplätze systematisch abzufahren, hinter jedem Haus nach einer roten BMW im Schatten zu suchen. Als er die kurze Häuserzeile zum dritten Mal abgesucht hatte, hielt er an, stellte die BMW auf den Seitenständer und ging zu einer Steinbrüstung, die den Blick auf das gesamte Tal freigab. Er zog die Handschuhe aus, nahm den Helm ab und holte aus seiner Jackentasche sein Xperia hervor. Der Empfang war gut, aber niemand hatte ihn angerufen oder eine andere Nachricht hinterlassen. Axel blickte auf das Bergpanorama. Die Schönheit ringsum erschien ihm falsch und unangemessen. Hier stimmte etwas nicht. Wie oft bei festgefahrenen Ermittlungen als Kommissar versuchte er, sich in die Person, die vermisst oder verdächtigt wurde, hineinzuversetzen. Hier oben war Paul noch kurz hinter ihm gewesen, bester Dinge und entspannt wie er selbst. Schon wenige Kilometer weiter den Pass herunter war Paul so weit zurückgeblieben, dass Axel ihn beim Abbiegen nicht mehr gesehen hatte. Offensichtlich war Paul aber nirgends stehen geblieben, sonst hätte Axel ihn mittlerweile aufgetrieben. Verfahren hatte Paul sich garantiert nicht, zu klar und verbindlich war ihre gemeinsame Planung und Absprache. Wie konnte Paul aber an ihm vorbeigefahren sein, ohne dass sie sich gesehen hatten? Axels Kopf brummte. Er erinnerte sich an die Gruppe Motorradfahrer in Neongrün, die an ihm vorbeigefahren war. Und an den Kleinbus. Der im gleichen Augenblick von einem unsichtbaren Motorrad überholt wurde.

Axel griff nach seinem Helm und stolperte los, zurück zur Nine T. Wenn Paul ihn an der Parkbucht überholt hatte, ohne ihn hinter dem Kleinbus am Straßenrand zu bemerken, dann gab er gerade Gas ohne Ende, weil er Axel weiterhin vor sich vermutete. Wahrscheinlich fluchte er über Axel und sein unverantwortliches Tempo. Axel startete die BMW und drängte sich rüde in den fließenden Verkehr. Er war sich sicher, mittlerweile war Paul ähnlich beunruhigt wie er selbst, nicht ahnend, dass er dieses Rennen nicht gewinnen konnte. Axel überholte zwei Autos mit einem langen Gasstoß und bremste die BMW hart auf eine sinnvolle Kurvengeschwindigkeit herunter. Fühlte sich an wie auf der Rennstrecke und machte entsprechend Spaß. War nicht vernünftig und seinem Alter nicht entsprechend, aber das konnte er gerade nicht ändern. Er wollte Paul einholen, um dieses verfluchte Gefühl der Unruhe loszuwerden. Und das so schnell wie möglich.

Mit der notwendigen Rücksichtslosigkeit gelang ihm die Abfahrt vom Joch deutlich schneller als beim ersten Mal. Die BMW zeigte beeindruckende Sprinterqualitäten, wenn sie beim Überholen immer wieder Dreißig-Meter-Spurts einlegte, ohne danach aus der Puste zu kommen. An der Abbiegung Richtung Sellajoch checkte Axel nur mit einem schnellen Blick die freie Fahrbahn, ging nicht vom Gas und bog mit fetter Schräglage nach rechts ab. Das Hinterrad rutschte sanft und kontrollierbar, als er zu früh am Kabel zog. Dem Gott der Motorradfahrer sei Dank waren die Reifen mittlerweile auf Betriebstemperatur. Für die Schönheit der Landschaft hatte Axel bei dieser zweiten Runde keinen Blick. Paul ging bei seinem toten Rennen wahrscheinlich einige Risiken ein, genau wie er. Axel wollte ihn so schnell wie möglich einholen. Sie hatten vereinbart, in Corvara auf einen Kaffee anzuhalten, dann die Runde über den Campolongopass bis zum Hotel Evaldo weiterzufahren und dort zu Mittag zu essen. Diese Tour war ein Highlight der Reise, viel zu wertvoll, um sie mit sinnlosem Verfolgungsstress kaputt zu machen. Aber es gelang ihm nicht, gleichmütig im Verkehr mitzuschwimmen, um lieber später als früher auf Paul zu treffen.

Er passierte die Parkbucht, an der er vor einer halben Stunde umgekehrt war, und erinnerte sich, mit welcher Wucht ihn plötzlich die Sorge um Paul getroffen hatte. Wenn er sich bloß an den Gesprächsfetzen von gestern Abend erinnern könnte! Es war quälend, den Grund für sein merkwürdiges Gefühl vor sich zu sehen, ohne nach ihm greifen zu können. Das Gedächtnis war schon eine merkwürdige Sache. Manchmal konnte man sich urplötzlich an ein weit zurückliegendes Ereignis erinnern, mit allen Details und lebhaften Farben, und bei einer anderen Gelegenheit blieb ein Name oder ein Geschehen für immer hinter grauem Nebel, unsichtbar, nicht aufzufinden. Solche Momente gab es immer häufiger, musste sich Axel eingestehen. Je länger er lebte, desto mehr gab es zu vergessen. Zumal das Leben mit zunehmendem Alter auch immer mehr aus Wiederholungen bestand und die Situationen seltener wurden, in denen man etwas zum ersten Mal im Leben tat.

Axel riss sich aus seinen trüben Gedanken. Die Kurven vor ihm verlangten seine ganze Konzentration. Paul, wahrscheinlich nur wenige Kilometer vor ihm, war die entspannte Urlaubslaune mittlerweile garantiert auch abhanden gekommen. Zusammen hatten sie gestern Abend mit vollem Körpereinsatz den Bestand eines regionalen Weißweins attackiert, von dem Axel immer noch ein leichtes Ziehen im Hinterkopf spürte, aber trotzdem freute er sich schon jetzt auf ein geistiges Getränk, mit dem sie sich heute Abend in der Bar des Evaldo auf den überstandenen Schreck zuprosten konnten.

Die Hinweisschilder auf das Sellajoch wurden immer häufiger, es ging wieder steiler bergauf und die Dichte an Hundertachtzig-Grad-Kehren nahm zu. Auch der Asphalt verlangte von Axel einiges an Aufmerksamkeit, weil er alles andere als eine ebene, vertrauenswürdige Grundlage für Schräglage bot und die Ideallinie durch die Kurven sehr eigenwillig beeinflussen konnte. So oft es ging, suchte Axel auch den Blick auf die Wunderwelt der spitzen Felsen um sich herum. In der klaren Luft waren die Zinnen der Berge dreidimensional, in allen Details zu erkennen und schienen zum Greifen nah. Axel war überzeugter Kölner, kannte als Ureinwohner zwar die Eifel und das Bergische Land, blieb aber im Grunde seines Herzens ein Flachlandtiroler. Die Bergwelt war ihm so unbekannt wie die Hochsee, ein fremder und eigentlich unheimlicher Ort, dem er sich nicht wirklich nähern wollte. Es war eine Sache, an dieser berauschenden Kulisse vorbeizufahren und etwas völlig anderes,

Schritt für Schritt von der Straße weg in die unberührte Natur einzudringen. Und dabei sinnlos bergauf zu gehen! Er vermied das Treppensteigen in Köln so oft wie möglich, um so unvorstellbarer war es, den Tag in einem riesigen Outdoor-Treppenhaus auf zweitausend Meter Höhe zu verbringen.

Die Straße vor ihm war während der letzten Minuten frei gewesen, aber jetzt konnte er auf einer kurzen Geraden vor sich die Bremslichter mehrerer Autos erkennen, er fuhr tatsächlich in einen Miniatur-Stau, der sich um die nächsten Kurven zog. Axel rollte an einen bonbonroten MX-5 heran, der mit offenem Verdeck das Schlusslicht des Staus bildete. Aus der voll aufgedrehten Anlage des Wagens schmetterte Axel ein komplettes Orchester ekstatisch klassische Musik entgegen, die der grauhaarige Fahrer mit einer Hand dirigierte. Axels Gashand zuckte, um am Orchester und dem Stau mit einem wagemutigen Spurt vorbeizuziehen, aber im Augenwinkel sah er weiter oben am Hang ein flackerndes Licht. In den langen Jahren als Polizist und Kriminalbeamter hatte er so manche Stunde im rotierenden Blaulicht eines Einsatzfahrzeugs gestanden, trotzdem sorgte dieses optische Signal immer noch für eine spontane Adrenalinausschüttung. Axel blieb brav hinter dem Mazda, dessen Fahrer die Konzertmusik abrupt ausschaltete, als hinter der nächsten Kurve der Blick auf eine Unfallstelle frei wurde.

Knapp einhundert Meter voraus stand am rechten Straßenrand ein Krankenwagen mit offener Heckklappe, dahinter ein schicker schwarzer Alfa Romeo der Carabinieri mit einem finster blickenden Polizisten. Der fuchtelte wild, aber vergeblich mit den Armen, alle Verkehrsteilnehmer verlangsamten die Fahrt, um wenigstens einen kurzen Blick auf das Geschehen abseits der Straße werfen zu können. Axels Unterkiefer verkrampfte sich. Zuerst war es der Zorn auf die Gaffer, der als beruflicher Reflex seine Empörung wach werden ließ. Dann sah er die schmale Schleifspur, auf der ein Fahrzeug aus der Kurve heraus über den Fahrbahnrand in die Böschung gerutscht war. Ein einspuriges Fahrzeug. Ein Motorrad. Axel schluckte. Er stellte sich auf die Fußrasten, um über den Fahrbahnrand der näher kommenden Unfallstelle blicken zu können, sah nur unscharf im Augenwinkel Gestalten auf der Wiese unterhalb der Straße, dann musste er sich schnell wieder hinsetzen und kräftig bremsen, um dem Cabriofahrer vor sich nicht auf den Beifahrersitz zu rutschen. Er hatte keinen roten Fleck gesehen, nichts, was wie die Umrisse einer liegenden roten BMW aussah.

Jetzt passierte er den Carabiniere und wendete den Kopf, um die Unfallstelle besser in Augenschein nehmen zu können. Er blickte in die kalten Augen des Polizisten. »Vai via«, rief der ihm zu und Axel musste kein Italienisch sprechen können um zu verstehen, was er ihm mitteilte. Aber er wollte Gewissheit. Also setzte er den Blinker, fuhr an den Straßenrand und stellte die BMW auf den Seitenständer. Kaum hatte er ein Bein über die Sitzbank geschwungen, war der Carabiniere schon da und stellte sich breitschultrig vor ihn. Er hatte ein Bullengesicht aufgesetzt, das alle Polizisten auf der ganzen Welt aufsetzen, wenn es erforderlich ist. Axel hatte diesen Blick schon oft selbst eingesetzt, trotzdem funktionierte die Körpersprache des Mannes auch bei ihm sofort.

»My friend«, rief er in dem hilflosen Versuch, sein fehlendes Italienisch wett zu machen, »I am looking for my friend.« »Fahren Sie weiter«, entgegnete ihm der Mann in einwandfreiem Hochdeutsch, »hier gibt es nichts zu sehen.« Dabei blieb er weiter dicht vor ihm stehen und versperrte den Blick. Ohne nachzudenken, packte Axel den Mann an beiden Schultern und schob ihn beiseite. Im selben Augenblick bedauerte er sein Verhalten, machte einen Schritt zurück und hob abwiegelnd die Hände. Aber der Moment hatte ausgereicht, um in der Senke neben der Fahrbahn ein schwarzes Motorrad mit Vollverkleidung liegen zu sehen, neben dem ein kleiner Mann mit langen blonden Haaren in einer bunten Lederkombi stand und sich den Arm hielt. Ganz eindeutig nicht Paul und seine BMW.

»Scusi«, warf Axel dem Polizisten schnell einen der wenigen Brocken Italienisch hin, die er kannte. Und weil er sich nie sicher war, ob *Scusi* das höfliche *Bitte entschuldigen Sie* bedeutete oder das unangemessen duzende *Entschuldige bitte,* wollte er eine ausführliche Erklärung auf Deutsch hinterherschieben, ließ es aber lieber bleiben, als der Mann knurrend auf ihn zukam. Axel wählte den taktischen Rückzug, hastete zur BMW, die noch im Standgas vor sich hin tuckerte und machte einen Blitzstart. Wahrscheinlich schleuderte er dem armen Kollegen gerade ein paar Kieselsteine vor die Füße, aber Axel blickte lieber nicht zurück, sondern suchte das Weite. Paul war nicht von der Straße abgekommen bei dem Versuch, ihn einzuholen. Das war die gute Nachricht. Stattdessen jagte er Axel weiter hinterher wie einem unsichtbaren Reiter.

Oben auf dem Passo Sella, wie das Sellajoch auf den italienischen Hinweisschildern genannt wurde, suchte Axel wieder sorgfältig nach einer roten BMW. Hier waren deutlich weniger Häuser und kleinere Parkplätze vorhanden, so dass die Suche nicht lange dauerte. Der Ausblick war wieder grandios, die Sellagruppe thronte hinter morgendlichem Dunst über ihm und blieb von seiner hektischen Suche vollkommen unbeeindruckt. Paragleiter hingen unter ihren bunten Gleitschirmen am Himmel und genossen dabei ohne Zweifel eine noch bombastischere Aussicht. Er hielt kurz an und checkte sein Xperia. Jemand hatte versucht ihn anzurufen! Nervös wischte er über das Display. Der Anrufer hatte keine Nachricht hinterlassen. Axel scrollte nach unten, um die Nummer des Anrufers ablesen zu können und seufzte. Eine unbekannte Telefonnummer aus dem Kölner Festnetz hatte ihn vor einer halben Stunde zu erreichen versucht. Wer immer das war, es handelte sich nicht um Paul und konnte deshalb warten. Axel startete die BMW und machte sich auf den Weg.

Nun ging es wieder bergab, in wunderschönen, eleganten Kurven, wie gemacht für die Nine T mit ihrem prächtigen Drehmoment, mit dem sich das Bike schwerelos wie ein Fahrrad bewegen ließ. Vielleicht konnten sie diesen Streckenabschnitt nach ihrer Wiedervereinigung noch einmal abfahren und ihn dabei besser genießen. Allmählich wurde Axel unruhig. Sie hatten vor der Abfahrt vereinbart, in Corvara auf einen Kaffee anzuhalten, bevor sie den Kreis schließen und auf die SS244 nach rechts abbiegen wollten, um wieder Richtung Evaldo weiterzufahren. Paul ging ohne Zweifel davon aus, in dem Ort von Axel erwartet zu werden. Was würde Paul tun, wenn er ihn nirgends finden konnte? An dem vereinbarten Treffpunkt warten? Die Straßenschilder verrieten Axel, wie schnell der Ort näher kam. Er stieg immer weiter ins Tal hinab, die Geraden wurden langsam wieder länger, immer mehr Häuser hingen am Hang und verrieten das Nahen der Ortschaft. Vielleicht stand Paul mit seiner roten BMW quer vor dem Ortsschild, unübersehbar, grinsend. Oder vielleicht eher am Ortsausgang, um ihn aus allen Richtungen abfangen zu können. Axel rollte an mehreren perfekten Gelegenheiten für einen guten italienischen Cappuccino auf einer Hotelterrasse vorbei, näherte sich unaufhaltsam der Kreuzung, die ohne Paul trostlos war, bog wie vereinbart nach rechts ab und folgte der Straße durch den lang gezogenen Ort. Seine Augen schwenkten suchend nach rechts und links, ohne auf ein rotes Motorrad zu stoßen, dann es ging es wieder leicht bergauf, die Straße wand sich nach rechts und links und schließlich kam das Ortsschild von Corvara. Einsam stand es vor einer Kurve, von Leitplanken umzäunt. Axel verlor jede Zuversicht. Wieder kam mit großer Wucht ein Gefühl über ihn, eine Mischung aus Verlust und Niederlage. Etwas flüsterte ihm zu, dass er Paul nie mehr wiedersehen würde.

3.

Die Hoffnung stirbt zuletzt. Axel redete sich ein, Paul habe sich ungeduldig auf den Weg zurück zum Hotel gemacht. Das Evaldo war ohne jeden Zweifel der beste und letzte Treffpunkt, bei dem kein Missverständnis möglich war. Sie hatten das Zimmer für weitere drei Nächte gebucht, der größte Teil ihrer Klamotten lag in den Schränken, vor der Abfahrt hatten sie über das Abendessen nach der gelungenen Tagestour gesprochen und sich auf die Abendgesellschaft gefreut. Gestern war da eine illustre Runde höchst unterschiedlicher Menschen zusammengekommen, von denen sie einige kennengelernt hatten. Mit manchen davon waren sie für den heutigen Abend verabredet und neue Traveller würden dazustoßen, mit neuen Geschichten, Themen für Benzingespräche und Fachsimpeleien über Motorräder, Kurventechniken und andere Abenteuer. Solange Paul noch kriechen konnte, würde er ganz bestimmt im Hotel auftauchen.

Axel versuchte sich nicht von dem verstörenden Gefühl beherrschen zu lassen, das sich wie eine Panikattacke über ihn legte. Neben der Sorge um Paul war da auch dieser verwirrende Gedanke, den Schlüssel zur Lösung des Geheimnisses in den Händen zu halten, ohne ihn benutzen zu können. Irgendwie wusste er, warum Paul verschwunden war, aber er fand keine Worte dafür. Wonach er suchte, hatte er gestern Abend gehört, weiter kam er nicht. Vielleicht hätte er weniger Wein trinken sollen. *Some drink to remember, some drink to forget,* war das nicht der Text aus *Hotel California* von den Eagles? Auch daran konnte er sich nicht mit Sicherheit erinnern. Es war hoffnungslos.

Trotzdem bemühte er sich, nicht schneller zu fahren, als es seine Konzentration zuließ. Die Straße blieb schmal und tückisch, immer mehr Häuser rückten heran, als es in weiten Abfahrten wieder hinunter ins Tal ging. Er meinte, das Evaldo schon erkennen zu können. So oft es ging, verdrehte er den Kopf und suchte vor dem Haus nach einem roten Punkt, vielleicht sogar nach einem winkenden Paul, aber die kurzen Augenblicke der unbegrenzten Fernsicht reichten dafür nicht aus. Schließlich war er zu tief im Tal für Fernsicht und er zwang sich zur Ruhe. Der Bach tauchte auf, den er die ganze Nacht hinter dem Hotel hatte vor sich hinplätschern hören und dann das altmodische Schild des Evaldo mit dem zweisprachigen Hinweis *Aperto – Offen* und *Camere – Zimmer* darunter. Heute früh waren sie nach links abgebogen, diesmal kam er von rechts zurück zum Hotel. Der Kreis war geschlossen, alle Wege endeten hier.

Axel ließ die BMW die kurze Abfahrt zum Hotel herunterrollen. Nah an der Eingangstür war kein Parkplatz frei, er fuhr rücksichtslos bis direkt vor die Doppeltüren, stellte das Bike auf dem großen Fußabstreifer davor ab und watschelte etwas hüftsteif nach dem langen Sitzen in die Eingangshalle. Vier Rentner in identischer cremefarbener Freizeitkleidung lungerten in der Halle herum und sahen ihn mit großen Augen an. Axel überquerte einen großen roten Teppich und eilte auf den Empfangstresen zu. Eine junge Frau in einem modischen Dirndl sah ihn kommen und schreckte von ihrem Computerarbeitsplatz hoch. Seine Motorradstiefel knirschten auf den großen Fliesen vor dem Tresen.

»Ist Paul schon da? Ich meine, Paul Herzog?«

Die Frau hinter dem Empfang sagte etwas, was Axel nicht richtig verstand.

»Was sagen Sie? Ich kann Sie nicht verstehen. Warum reden Sie so undeutlich?«

Die Frau sprach wieder unverständlich, so dass sich Axel schließlich vorbeugte, bis er halb über dem Tresen hing.

»Was?«, brüllte er, sich seiner Unhöflichkeit bewusst.

»Ich kann Sie schlecht verstehen«, sagte die Frau und bewegte dabei die Lippen übertrieben deutlich, als sollte er Lippenlesen. »Warum nehmen Sie nicht den Helm ab? Oder öffnen zumindest das Visier?«

Axel starrte sie dämlich an, dann klappte er das Visier nach oben.

»Bitte entschuldigen Sie«, sagte er kleinlaut. Er zwang

sich zur Ruhe, zog die Handschuhe aus, legte sie fein säuberlich nebeneinander auf den Tresen und lockerte den O-Ring seines Helms. Schließlich zog er den Helm über den Kopf und klemmte ihn unter den Arm. Er sah sich selbst in der Reflexion der Brillengläser der Frau, ein rotes Gesicht mit abstehenden Haaren.

»Ist Herr Herzog aus Zimmer neunzehn im Hotel? Ich bin Axel Schröder, wir teilen uns das Zimmer. Ich habe ihn verloren.«

Hatte er das wirklich gesagt? Die Worte klangen in ihm nach. Hatte er Paul verloren? Eine ungeheure Beklemmung kam über ihn.

Die Frau zeigte ihm ihr bestes Hotelfachschulen-Lächeln, fröhlich, aufmunternd und verständnisvoll. Sie hatte hinter ihrem Tresen wahrscheinlich schon ganz andere Geschichten gehört. Der Zimmergenosse war verloren gegangen? Kein Problem, wir besorgen Ihnen einen neuen und zwar einen viel schöneren!

»Ach, Herr Schröder«, rief sie, als sei sie froh, ihn endlich zu erkennen. »Zimmer neunzehn, natürlich.«

Sie drehte sich um und griff in das Regal mit den vielen kleinen Fächern für die Zimmerschlüssel.

»Hier ist Ihr Schlüssel. Genießen Sie Ihren Aufenthalt.«

Axel starrte auf den Schlüssel mit dem dicken Anhänger auf dem Tresen.

»Und Paul?«, fragte er dann beinahe flüsternd. »Paul Herzog ist noch nicht im Haus?«

»Herr Herzog?«, fragte die Dame mit einem freudigen Lächeln. »Nein, natürlich nicht. Dann wäre ja der Zimmerschlüssel nicht mehr bei uns am Empfang, nicht wahr?«

Axel nickte geistesabwesend und schob den Schlüssel mit

einem Schulterzucken wieder zu ihr zurück. Er wandte sich um. Weißes Rauschen tobte durch seinen Kopf. Auf Autopilot machte er einen Schritt und blieb dann verloren stehen.

»Herr Schröder?«

Ihre Stimme hinter ihm vibrierte vor gezügeltem Enthusiasmus. Axel drehte den Kopf und blickte über seine Schulter zu ihr. Wahrscheinlich hatte sie sich gerade daran erinnert, dass Paul schon lange an der Bar saß und Obstler trank. Oder sie hatte Paul versprochen, Axel aufs Glatteis zu führen und Paul zu verleugnen, konnte diese Posse aber jetzt nicht länger durchhalten.

»Die Handschuhe, Herr Schröder. Vergessen Sie Ihre Handschuhe nicht.«

Axel nickte wieder, drehte sich um und griff nach den Handschuhen. Mit hängendem Kopf, von den Rentnern scharf beobachtet, ging er nach draußen. Die BMW stand breitbeinig vor der Doppeltür, wie ein Bernhardiner, der vor der Schwelle des Supermarktes auf sein Herrchen wartet. Axel schwang ein Bein vorsichtig über den Sattel, deponierte Helm und Handschuhe auf dem Tank und ruderte die Nine T mit den Beinen ein paar Meter zurück. Panik stieg wieder in ihm auf, breitete sich in Zeitlupe aus und legte sich behutsam über all seine Empfindungen. Er schüttelte den Kopf, als könnte er sie so loswerden. Die fehlende Erinnerung, das *Sesam öffne dich* zur verschlossenen Erklärung für Pauls Verschwinden, thronte wie ein Kopfschmerz irgendwo in seinem Schädel. Er musste sich konzentrieren, durfte der Panik nicht nachgeben.

Axel starrte ins Nichts bei dem Versuch, seinen Gedanken eine logische Reihenfolge zu geben. Paul war verschwunden. Allerdings verschwanden Menschen nach seiner beruflichen Erfahrung relativ selten, meist fand man sie, tot oder lebendig, irgendwann wieder. Wo war also Paul? Die Theorie, Paul habe ihn unbemerkt überholt und sei vor ihm her bis zum Hotel gefahren, war gerade widerlegt worden. Axel hatte die gemeinsame Fahrtstrecke sorgfältig abgesucht, bis auf ... Er richtete sich auf. Wenn Paul nicht weitergefahren, sondern umgekehrt war ... Er zog den Helm über und fummelte mit nervösen Fingern am Kinnriemen. Den ersten Teil ihrer Tagesetappe, zwischen Hotel und Pordoijoch, hatte er noch nicht abgefahren. Angenommen, ein technisches Problem hatte Paul dazu bewogen, auf dem kürzesten Weg zurückzufahren, er schaffte es aber nicht bis zum Evaldo, sondern war unterwegs liegengeblieben. Warum rief er dann nicht bei ihm oder im Hotel an und hinterließ eine Nachricht? Axel zog wieder das Xperia aus der Brusttasche seiner Lederkombi. Keine Meldung von Paul, nur ein weiterer Anruf der Kölner Telefonnummer. Die musste warten. Er zog die Handschuhe über und startete die BMW, froh, eine neue Aufgabe zu haben.

Die Kurven waren die gleichen wie am Morgen, aber diesmal war alles anders. Keine Freude, nur Sorge brachte Axel dazu, die BMW mit immer mehr Speed abzuwinkeln, langsame Autofahrer gnadenlos zu überholen und sich beim Herausbeschleunigen weit auf die andere Straßenseite tragen zu lassen, sobald dafür genug Platz zu sein schien. Die Kunststoff-Schleifer seiner Stiefel setzten immer wieder mit einem ungemütlichen Knirschen auf den rauen Asphalt auf, abseits der Rennstrecke hatte er dieses Geräusch lange Zeit nicht mehr produziert. Die Dolomiten waren ein Paradies für Motorradfahrer: die Kurven, die Landschaft und meist auch das Wetter konnten einen Bewohner der rheinischen Tiefebene nach wenigen Kilometern in Verzückung versetzen. Axel fühlte sich aber, als hätte er den Teufel hinter sich auf der Sitzbank hocken, der sich fest an ihn geklammert ins Paradies schmuggelte. Er setzte alles auf die letzte Möglichkeit einer natürlichen Erklärung für Pauls Verschwinden und auf ein Happy End dieses Roadmovies. Er hatte Pauls rote BMW kurz vor der Überquerung des Pordoijochs zuletzt in seinem Rückspiegel gesehen. Die Kurven dorthin flogen auf ihn zu, als hätte er auf Fast Forward gedrückt und mit jeder Kurvenfahrt tickte der Countdown weiter rückwärts, verringerte sich die Chance, Paul neben seinem defekten Motorrad am Wegesrand zu entdecken, winkend, mit einem Lächeln auf dem Gesicht.

Die erste wirkliche Hundertachtzig-Grad-Kehre tauchte wieder auf, die er am Morgen so freudig willkommen geheißen hatte. Jetzt verursachte sie ein bitteres Gefühl, denn Axel wusste, wie wenige Kilometer bis zum Pass fehlten. Noch war das Kurvengeschlängel vor ihm unüberschaubar, die Steigung und die Wäldchen machten es unmöglich, den Rest der Strecke zu überblicken. Er versuchte trotzdem, so weit wie möglich vorauszublicken, hetzte mit seinen Augen den Berghang entlang, über dem sich immer mehr Wolken sammelten. Vor den allerletzten Kurven gab er innerlich schon auf. Er wusste, es würde keine Wunderheilung geben.

Das braune Schild mit dem Hinweis *Passo Pordoi* baute sich rechts am Straßenrand vor ihm auf, am ersten Touristenrestaurant standen die Autos dicht gedrängt auf dem Parkplatz und Axel ließ sich kraftlos bis zur Begrenzungsmauer rollen, während über ihm die Wolken zum ersten Mal an diesem Tag die Sonne verdunkelten. Er drehte den

Zündschlüssel der BMW, lauschte in die Stille und blickte auf das Panorama der von den Wolken geköpften Berge. Seine Zähne knirschten, weil er die Kiefer zusammenpresste. Er fühlte eine bodenlose Hilflosigkeit, die so schwer auszuhalten war, dass sie sich mit Wut mischte. Paul blieb vom Erdboden verschwunden.

4.

Axels Rückfahrt zum Hotel glich einem Trauerzug. Autofahrer warfen ihm irritierte Blicke zu, wenn sie ihn überholten, so ungewöhnlich war ein langsamer Motorradfahrer, und auch seine Körperhaltung sprach Bände. Er kehrte geschlagen zurück, mit hängendem Kopf, den Blick nicht weit vorausgerichtet. Deshalb fiel ihm etwas auf, woran er bei der Bergfahrt vorbeigerauscht war: Ein tiefer Streifen im Kies einer Haltebucht auf der anderen Straßenseite zeugte von der Beschleunigung eines Motorrads. Allerdings startete dies nicht in Fahrtrichtung bergauf, sondern in die Gegenrichtung bergab. Reflexartig bremste Axel, ließ sich von empört hupenden Autofahrern überholen und wendete dann, um wieder bergauf zu der Haltebucht zurückzukehren.

Er stoppte auf dem ersten Meter, stellte die BMW ab und ging vorsichtig auf den Streifen im Kies zu. Ihm war klar, dass er sich gerade wie bei der ersten Begehung eines Tatortes verhielt. Er wollte keine Spuren verwischen, die ihm Hinweise auf das Geschehen geben konnten. Vor dem Beschleunigungsstreifen waren Standspuren von Reifen zu sehen, allerdings so viele neben- und übereinander, dass sie auch von Autos stammen konnten. Direkt vor dem Streifen war ein

Haufen Kies einen halben Meter nach rechts weggedrückt und lag dort wie eine eingefrorene Welle. Hier hatte ein Motorrad mit durchdrehendem Hinterrad beim Beschleunigen einen kleinen Slide ausgeführt und beinahe auf der Stelle gewendet, um dann mit viel Gas durch den Kies bergab zu beschleunigen. Die Sonne brach noch einmal zwischen den Wolken hervor und sorgte für tiefe Schlagschatten, die dem Kies eine dreidimensionale Struktur verpassten. Axel blickte direkt vor sich auf den Boden. Der Abdruck eines Schuhs wurde sichtbar, ein Männerschuh mit einem ungewöhnlichen Profil. Axel kannte das Muster. Er hob seinen rechten Fuß und betrachtete den Abdruck seines eigenen Motorradstiefels, dessen Profil einen Reifenabdruck imitierte. Für einen Augenblick ärgerte er sich, weil er seinen eigenen Schuhabdruck entdeckte hatte, aber dann sah er genauer hin und erinnerte sich. Paul und er waren gemeinsam zu Nehls, ihrem Lieblings-Motorradladen in Köln, gefahren, als der einen Ausverkauf an Motorradstiefeln ankündigte und sie hatten zwei gleiche Paar Stiefel erstanden. Paul lebte allerdings auf großem Fuß und hatte die Stiefel anderthalb Nummern größer gewählt. Den Größenunterschied sah Axel jetzt deutlich vor sich im Kies abgebildet. Er folgte mit seinem Blick der Richtung des Beschleunigungsstreifens bergab. Vor Gericht würde diese Spur als Beweis nicht ausreichen, dafür hielten hier zu oft Motorradfahrer, die mit Paul die Schuhgröße und Stiefelmarke teilten, aber Axel war sich sicher: Paul hatte genau an dieser Stelle abrupt angehalten, in größter Eile gewendet und war dann zurück zum Hotel gefahren. Axels Stimmung hellte sich schlagartig auf. Er hatte jetzt endlich eine Spur, der er folgen konnte.

Auf der kurzen Fahrt bis zum Evaldo forschte Axel nach

Pauls Motiv für seine Umkehr. Paul war in höchster Eile, hatte keine Zeit, um ihn einzuholen und zu verständigen. Angesichts der Verwirrung und Beunruhigung, die seine Aktion auslöste, hatte Paul ohne Zweifel gute und dringende Gründe gehabt. Was war geschehen? Axel stellte sich Paul vor, wie er bergauf fuhr, von Kurven und Geschwindigkeit in Meditation versetzt. Alles Mögliche ging ihm durch den Kopf, der Arbeitsstress der letzten Wochen, seine Frau zu Hause, der feuchtfröhliche Abend in der Bar … Axels Nackenhaare richteten sich auf. Paul hatte wie er gestern Abend diese vieldeutigen Bemerkungen am Nebentisch mitgehört. Aber anders als Axel konnte er sich plötzlich an das Gehörte erinnern und dessen Bedeutung verstehen. Paul war wie Axel Polizist, zwar bei der Motorrad-Staffel und nicht bei der Mordkommission, aber mit Leib, Seele und scharfem Verstand, wie Axel schon mehrfach bei ihrer Zusammenarbeit erlebt hatte. Was immer Paul zur Umkehr veranlasste, hatte etwas mit einer kriminellen Handlung zu tun, darin war sich Axel sicher. Er horchte in sich hinein, ob diese Erkenntnis ihm bei seiner eigenen Erinnerung auf die Sprünge half, aber er blieb ratlos wie zuvor.

Diesmal stellte er die Nine T brav auf einen freien Parkplatz vor dem Hotel ab und entledigte sich des Helms und der Handschuhe. Der Bach plätscherte fröhlich am Haus vorbei, musikalisch begleitet von einer singenden Wolke kleiner Vögel. Ein unpassender Ton war in ihrem Gesang, der allerdings aus Axels Brusttasche kam, wie sich herausstellte, als er sein Xperia herauszog. Der dritte unbeantwortete Anruf der Kölner Telefonnummer hatte die Software des Geräts anscheinend dazu veranlasst, etwas energischer auf einen Rückruf zu drängen. Axel waren diese eigenmächtigen Entscheidungen asiatischer Programmierer über seine Aufmerksamkeitsdefizite zwar unheimlich, aber er gab dem Drängen nach und rief die angegebene Nummer zurück. Das Smartphone brauchte eine Weile, um sein Gesprächssignal sicher über die Gipfel der Alpen, den Bodensee und entlang des Rheins bis nach Köln zu transportieren, aber schließlich hörte er den Klingelton oder wie immer man das Geräusch heutzutage nannte und augenblicklich wurde am anderen Ende abgenommen.

»Hallo?«, fragte eine Frauenstimme. Axel erstarrte. »Evi«, sagte er tonlos zu Pauls Frau Eva, deren Stimme er sofort erkannt hatte.

»Axel, bist du das? Ich rufe ja nicht gerne am ersten Tag eurer Tour an, aber was habt ihr gestern Abend denn so getrunken? Und vor allem, wie viel?«

Sie versuchte, fröhlich zu klingen, aber das gelang ihr nicht. Axel hörte Sorge. Vielleicht bildete er sich das nur ein, vielleicht war es nur seine eigene Sorge, die seine Sinne betrog. Er beschloss, zunächst nichts von Pauls Verschwinden zu berichten.

»Och, wir hatten einen netten Abend, aber wir Verbrecherjäger behalten natürlich in allen Lebenslagen einen kühlen Kopf. Warum fragst du?«

»Weil Paul irgendwelche unscharfen Fotos auf Facebook postet, ohne Text oder irgendeine Erklärung. Und ansonsten nicht an sein Telefon geht. Sieht für mich schwer nach Delirium tremens aus.«

Sie lachte. Auch das Lachen misslang. Eva wollte keine spaßbremsende Mutti sein, die von zu Hause den Urlaub des Ehemannes kontrolliert, aber sie fand das gar nicht witzig, soviel war klar.

»Facebook? Hab ich noch gar nicht gesehen. Was für Fotos?«

Axel war zu überrumpelt, um cleverer zu reagieren.

»Wieso weißt du nichts von den Fotos? Seid ihr denn nicht zusammen?«

Axel konnte hören, wie ihr Misstrauen anschwoll. Sie holte Luft, weil sie Mut für eine unpopuläre Frage sammelte.

»Kann ich bitte mal Paul kurz sprechen?«

Ihr Ton war zu verbindlich, um ihm Spielraum für Ausflüchte zu lassen.

»Paul und ich haben uns auf der Tour heute aus den Augen verloren. Ich bin gerade wieder am Hotel angekommen, er ist garantiert schon auf unserem Zimmer und langweilt sich. Vielleicht ist sein Smartphone kaputt oder der Akku leer oder was weiß ich. Ich werde ihn sicher gleich sehen.«

Axel hörte seine eigene schrille Stimme, viel zu laut, voller schlechtem Gewissen, Paul verloren zu haben. Er seufzte und wenn Eva bisher noch gezweifelt hatte, war ihr jetzt klar, dass etwas nicht stimmte.

»Axel, hör mir zu!«

Er musste sich absolut aufgelöst angehört haben, denn in diesem Augenblick übernahm Eva das Kommando und die Rolle des Dienstältesten an Bord.

»Du gehst jetzt auf euer Hotelzimmer und holst mir Paul ans Telefon. Bitte.«

Das *Bitte* brachte sie mit Schärfe hervor, aber gleichzeitig schwang darin auch eine Aufmunterung mit. Sie gab ihm einen Auftrag und signalisierte, dass sie an seine Fähigkeiten glaubte und beruhigte ihn damit. Axel war sich der Absicht dieser feinen Signale bewusst, sie funktionierten trotzdem. Er hatte einen Auftrag und würde ihn ganz sicher erfüllen.

»Natürlich, Evi. Mach dir keine Sorgen. Wir melden uns sofort wieder bei dir. Tschö mit Ö, haha.«

Seine Stimme war jetzt wieder souverän und alphatierisch. Hoffentlich nahm sie ihm das ab. Er wischte auf dem Display herum, bis er Facebook im Menü fand und tippte zweimal mit dem Zeigefinger darauf. Eigentlich nervte ihn das Surfen mit dem Xperia. Display und Icons waren zu klein, mit seinen dicken Fingern aktivierte er oft falsche Apps oder löschte, was er sich gerade ansehen wollte. Aber Facebook zeigte sich ihm jetzt von seiner besten Seite und listete brav die ungelesenen Postings seit seinem letzten Besuch auf. Das meiste war Schrott oder verkappte Werbung. Ein alter Schulfreund hatte ihn zu einer Veranstaltung eingeladen (wahrscheinlich ein weiteres Klassentreffen, zu dem er nicht erscheinen würde), seine Ex-Frau Renate grüßte von Korfu, wo sie angeblich alleine Urlaub machte, und da waren sie, sieben Postings von Paul, in den letzten zwei Stunden im Abstand von knapp zehn Minuten abgesetzt.

Axel tupfte auf den frühesten Beitrag. Die Datenverbindung holte kurz Luft, präsentierte dann zuerst Werbung und alle unwichtigen Bestandteile der Seite, um endlich das Foto aufzubauen. Eine sanfte Hügellandschaft mit tiefen Schatten, aber auch grellem Sonnenlicht war zu sehen, alles extrem unscharf. Einen Text gab es nicht. Hektisch wischte Axel, bis das nächste Fotos sichtbar wurde, eine Variante des gleichen Motivs, vielleicht von einem anderen Standpunkt aus aufgenommen, aber genauso unscharf und geheimnisvoll. Die fünf weiteren Bilder brachten kaum eine Veränderung. Auf dem vorletzten Bild schien ein Baum oder eine hohe Pflanze im Vordergrund zu stehen, jedenfalls konnte man verwaschene Striche so interpretieren. Axel war ratlos. Diese Landschaft gab es nirgendwo in den Alpen. Egal ob scharf oder unscharf, Paul konnte sie unmöglich hier und heute fotografiert haben. Warum schickte er diesen Mist aus den Tiefen seines Datenspeichers in die weite Facebook-Welt? Zumindest waren die Postings aber Lebenszeichen, das letzte keine zwanzig Minuten alt. Wenn der werte Kollege tatsächlich im Hotel war und Schabernack trieb, konnte er sich auf den vereinigten Zorn von Eva und Axel gefasst machen.

Axel stürmte in die Halle des Evaldo. Die junge Frau hinter dem Tresen war von einem drahtigen Herrn mit stahlgrauen Haaren ersetzt worden, der aussah, als würde er jeden Morgen vor dem Frühstück auf einen der nahegelegenen Gipfel joggen. Der war Axel schon gestern Abend in der Bar aufgefallen. Paul hatte ihre Drinks bezahlt und dem Mann großzügig Trinkgeld gegeben. Nicht unwahrscheinlich, dass er sich trotz vollem Haus an Paul erinnerte.

Axel räusperte sich. Er wollte diesmal keinen peinlichen Auftritt wie den vor einer halben Stunde hinlegen. Schnell las er den Namen des Mannes von dem goldfarbenen Namensschild auf seiner Brust ab.

»Guten Tag, Herr Huber. Mein Name ist Schröder, ich teile mir mit Herrn Herzog Zimmer neunzehn. Haben Sie meinen Bekannten vielleicht heute im Hotel gesehen?«

»Hallo Herr Schröder. Na, wieder fit?«

Der Mann lächelte verschmitzt. Axel fragte sich, wie angeschlagen Paul und er gestern Abend gewirkt haben mussten.

»Ihren Kollegen habe ich heute früh zusammen mit Ihnen beim Frühstück gesehen.«

Er drehte sich um, entdeckte im Fach mit einer goldenen neunzehn darüber den Zimmerschlüssel und legte ihn auf den Tresen.

»Ach ja, und am Vormittag ist er – glaube ich – auf den Parkplatz hinter dem Haus gefahren. Zumindest habe ich aus dem Bürofenster ein rotes Motorrad vorfahren gesehen. Herr Herzog fährt doch eine rote BMW, nicht wahr?«

In vielen Berufsjahren hatte Axel gelernt, Menschen und ihre Zeugenaussagen in verschiedene Kategorien von Zuverlässigkeit und Glaubwürdigkeit einzuteilen. Manche waren sich vom ersten Augenblick an unsicher, was sie tatsächlich gesehen hatten, andere preschten mit konkreten Details vor, um sie eine halbe Stunde später über den Haufen zu werfen, oder beharrten auf Aussagen, die sich als komplett falsch herausstellten. Der Mann vor ihm war ein aufmerksamer Beobachter. Er hatte sich die Marke und Farbe von Pauls Motorrad und ihren Kollegenstatus gemerkt. Axel blickte ihm in die wachen Augen. Dies war ein perfekter Zeuge.

»Heute Vormittag, sagen Sie? Können Sie das präzisieren? Wir sind kurz vor neun Uhr zusammen losgefahren und haben uns weniger als eine Stunde später aus den Augen verloren.«

Huber zögerte keine Sekunde.

»Ich erledige zwischen zehn und elf Uhr vormittags im Büro die Bestellungen für den Tag. Ich war fast fertig, als das Motorrad am Fenster vorbeifuhr. Anschließend war ich kurz im Ort, deshalb kann ich Ihnen nicht sagen, wann und wohin er später gefahren ist.«

Er blickte auf den Zimmerschlüssel vor ihnen, dann hoch zur Wanduhr.

»Seitdem sind etwas mehr als drei Stunden vergangen. Kein Grund, sich Sorgen um Herrn Herzog zu machen.«

Er lächelte zuversichtlich. Ein guter Zeuge, aber ein schlechter Schauspieler, dachte Axel. Man konnte ihm ansehen, wie merkwürdig er Pauls Abwesenheit fand. Axel nahm den Schlüssel.

»Vielleicht hat er mir im Zimmer eine Nachricht hinterlassen. Würden Sie mir bitte zeigen, wo Sie das rote Motorrad gesehen haben?«

Der Mann nickte und kam um den Tresen herum. Er führte Axel zu einem der Fenster an der Schmalseite des Hauses. Durch die Gardinen sah man vor dem Fenster Tische und Stühle und dahinter einen kleinen Parkplatz.

»Das rote Motorrad fuhr quer über den Hof nach links, wo die Transporter und die Anhänger stehen. Ihr Kollege war dann außerhalb meines Blickfeldes, Herr Kommissar. Ich konnte ihn nicht mehr sehen.«

Axel blickte verdutzt.

»Sie haben Ihren Beruf bei Ihrer Anmeldung hier im Hotel angegeben, Herr Schröder«, kam der Mann seiner Frage zuvor.

Axel nickte.

»Ja klar, das hatte ich vergessen. Vielen Dank für Ihre Hilfe. Ich sehe mich auf dem Zimmer um. Mein Kollege wird bestimmt bald auftauchen.«

Er machte kehrt und durchquerte die Halle. Auf der Holztreppe mit dem schmiedeeisernen Geländer kam er auf dem ersten Absatz an einem großen Spiegel mit einem verschnörkelten Holzrahmen vorbei und sah sein besorgtes

Gesicht. Paul war tatsächlich in aller Eile zum Hotel zurückgekehrt. Was hatte er auf dem Hof gewollt und wo war er anschließend hingefahren? Pauls Verhalten war mehr als untypisch.

Der große Zimmerschlüssel klapperte im Schloss und Axel ließ die Tür mit Schwung auffliegen. Das Zimmer lag still und friedlich vor ihm. Die Betten waren gemacht, alle Bücher, Karten und andere Ausrüstung fein säuberlich auf der Kommode an der Wand aufgeschichtet. Keine Spur von Paul, kein Zettel auf dem Bett, kein Helm an der Garderobe. Axel setzte sich auf das Bett. Er saß einfach da und ließ die Schultern hängen. Durch die Wand hörte er im Zimmer nebenan eine Uhr ticken. Er fühlte sich müde und kraftlos. Was, wenn Paul verschwunden war und nie wieder auftauchte? Manche Menschen gehen einfach weg und bleiben verschwunden. Ehemänner, die Zigaretten holen gehen und zuletzt auf einem Flughafen gesehen werden. Frauen, die zum Einkaufen fahren und deren Wagen auf einem Supermarktparkplatz steht, mit dem Schlüssel im Zündschloss. Axel dachte an Eva. Paul hatte ihren Anruf nicht entgegengenommen, aber vielleicht wollte er nur mit ihr nicht sprechen. Axel holte sein Xperia aus der Tasche und wählte Pauls Nummer. Das Anrufsignal tönte in der Stille des Zimmers. Er zwang sich, das Telefon zwanzig Atemzüge lang klingeln zu lassen, dann sprang die Mailbox an. Wenigstens hatte Paul sein Telefon nicht ausgeschaltet. Wenn er gerade auf dem Motorrad saß, konnte er das Klingeln nicht hören und auch keinen Vibrationsalarm wahrnehmen. Axel seufzte. Sein nächster Anruf würde nicht leicht werden. Er wählte Evas Nummer. Sie hob beim ersten Klingeln ab.

»Paul?«, fragte sie mit fester Stimme.

»Ich bin's, Evi«, entgegnete er. »Tut mir leid, dass es so lange gedauert hat. Paul ist vor gut zwei Stunden zurück ins Hotel gekommen und dann anscheinend noch mal losgefahren. Keine Ahnung, warum er lieber alleine fahren wollte. Wir haben uns nicht gestritten oder so. Er wird garantiert zum Abendessen zurück sein. Du kennst ihn ja, das lässt er sich nicht entgehen.«

Ihr Schweigen machte ihm klar, seine Beschwichtigungsversuche zeigten bei ihr keine Wirkung. Schließlich hörte er, wie sie sich räusperte.

»Du bist Polizist, Axel. Du weißt, welche Fragen du in solchen Situationen sonst anderen Leuten stellst. War sein Verhalten in letzter Zeit auffällig und anders als sonst? Hat er irgendetwas erwähnt, was sein Verschwinden erklären könnte? Gibt es Ausflugsziele in eurer Nähe, wo er auf jeden Fall hin wollte? Und schließlich: Wurde ein Unfall gemeldet? Wo ist das nächste Krankenhaus?«

Sie sprach jetzt leiser, flüsterte ihm beschwörend ins Ohr.

»Mach deinen Job, Axel. Finde Paul. Und ruf mich dann an.«

Sie legte auf, ohne auf seine Antwort zu warten. Axel starrte auf das Telefon in seiner Hand, dann sprang er auf, griff sich Helm und Handschuhe und verließ das Zimmer. Er schloss ab, stand einen Augenblick vor der Tür und überlegte, ob er wieder aufschließen sollte, um Paul eine Nachricht zu hinterlassen, ging dann aber die Treppe hinunter. Paul war nicht alleine zu einer spontanen Tour aufgebrochen. Er würde nicht überraschend vorfahren, mit einem unschuldigen Lächeln auf dem Gesicht.

Axel verließ das Hotel und marschierte auf den Parkplatz neben dem Haus. Die Wolken hatten sich wieder verzogen, der blaue Himmel und die leuchtende Bergkulisse stritten sich um seine Aufmerksamkeit. Aber er stand nur ratlos auf dem Parkplatz und suchte nach Spuren, die es nicht gab. Ein Münchener Kleinwagen stand auf einem der Parkplätze, daneben eine Harley mit Wildlederfransen an den Lenkerenden. Drei Transporter, davon einer in hellem Grün, parkten Seite an Seite mit zwei Anhängern. Axel umrundete die Fahrzeuge und stieß auf einen Haufen Spanngurte, die wohl die Typen vergessen hatten, die ihre Motorräder per Anhänger hierhergebracht hatten, um sich die mühsame Anfahrt zu ersparen. Wenn Paul hier wäre, hätten sie sich jetzt über diese Fraktion von Hardcore-Bikern lustig gemacht.

Evas Aufträge hallten in ihm nach. Paul hatte sich nicht nur normal, sondern ausgesprochen gut gelaunt verhalten und alle Ausflugspläne, die ihm am Herzen lagen, standen auf ihrer gemeinsamen Liste. Natürlich konnte er wohlbehalten am Hotel angekommen sein, um anschließend wieder loszufahren und im Krankenhaus zu landen. Herr Huber konnte bei der Suche nach Krankenhäusern sicher behilflich sein.

Der Mann lehnte mit verschränkten Armen am Tresen, als Axel in die Lobby kam, soeben dem Ansturm einer Gruppe von eincheckenden Österreichern entronnen. Als er Axel kommen sah, langte er über den Tresen und holte einen Zettel hervor. Er hielt ihn Axel entgegen.

»Ich habe mir erlaubt, hier die Telefonnummern der Krankenhäuser in Bozen und Brixen aufzuschreiben, für den Fall, dass Sie nicht zur Ruhe kommen.«

Axel war gerührt.

»Herr Huber, Sie können Gedanken lesen! Vielen Dank für Ihr Engagement. Ich glaube, ich rufe dort tatsächlich einmal an. Keine Spur von meinem Freund und erreichen kann ich ihn auch nicht.«

Der Mann winkte ab.

»Nicht der Rede wert. Die dritte Nummer ist die Handynummer von Luigi Biaggi. Luigi ist mein Schwager. Und Carabiniere. Motorrad-Carabiniere wohlgemerkt. Er ist hier in der Region stationiert, ärgert gerne Motorradfahrer, die zu schnell fahren oder sonst wie das Gemeinwohl stören. Aber er ist ein guter Kerl. Wenn Sie wollen, rufen Sie ihn an und bestellen ihm von Anton schöne Grüße. Oder lieber von Antonio, dann weiß er, wer gemeint ist. Luigis Familie stammt aus der Toskana und nicht aus Südtirol. Tja, wo die Liebe hinfällt, nicht wahr? Aber wie gesagt, er ist ein guter Kerl.«

Huber lächelte wieder und diesmal glaubte Axel ihm seine gute Laune.

»Oh, ein Kollege sozusagen? Und auch noch Motorradfahrer? Dann kann ich ja wirklich auf Unterstützung hoffen. Ist es wichtig, dass ich mich auf Sie und Ihre Familie beziehe? Ich meine, er ist doch Polizist.«

Huber wiegte den Kopf.

»Luigi ist Carabiniere und kein Polizist. Fragen Sie ihn nach dem Unterschied. Und wir sind in Südtirol, einer autonomen Provinz. Aber einer Provinz von Italien. Familie ist immer gut in Italien, verstehen Sie?«

Axel nickte bedächtig, obwohl er Hubers Argument nicht wirklich nachvollziehen konnte. Familie war nicht immer eine Empfehlung. Jedenfalls nicht seine eigene, auch wenn davon nicht mehr viel übrig war. Aber das war eine andere Geschichte. Er schlenderte wieder auf den Parkplatz, wo es ruhiger war als in der Lobby und wählte die Telefonnummer des Krankenhauses in Bozen. Es dauerte eine Weile, bis er sein Anliegen klar gemacht hatte, aber dort gab es keinen verletzten Motorradfahrer namens Herzog und in Brixen sagte ihm eine freundliche Frau am Telefon, in der gesamten Region habe es seit vier Tagen keinen Unfall mehr gegeben, an dem ein Motorrad beteiligt war und so solle es auch bleiben.

Axel knickte an Hubers Zettel eine Ecke um und schnippte mit dem Zeigefinger geistesabwesend dagegen. Sollte er wirklich einen Polizisten anrufen? In Köln würde er bei einem ähnlichen Anruf abwiegeln und den Anrufer um eine Nacht Geduld bitten. »Menschen sind spontane Wesen«, hörte er sich sagen, »machen Sie sich keine Sorgen, morgen früh ist er wieder zurück.« Hatte er Lust, sich solch einen Spruch von einem autonomen Provinz-Carabiniere anhören zu müssen? *Ich höre die Worte, allein mir fehlt der Glaube,* war die Antwort des ollen Goethe, die ihm dazu einfiel. Er knibbelte weiter unentschlossen mit dem Finger an der Ecke des Zettels herum.

5.

»Pronto? Luigi Biaggi«, sagte die Stimme. Zumindest hörte sich der Nachname für Axel so ähnlich an und er machte daraus automatisch den Namen des berühmten italienischen Rennfahrers.

»Ja hallo, hier ist Axel Schröder. Ich habe Ihre Telefonnummer von Herrn Huber aus dem Evaldo. Also von Antonio. Er meinte, ich könnte Sie anrufen. Ich hätte da mal ein Problem.«

Wenn der Anlass nicht so beunruhigend wäre, hätte Axel

über seine schwachsinnige Gesprächseröffnung lachen können. Selbst er als gestandener Kommissar war offensichtlich aufgeregt, wenn er die Polizei in einem fremden Land anrief.

»Soso, Herr Schröder. Sie hätten ein Problem?«

Axel kannte den Tonfall, mit dem der Mann am anderen Ende der Leitung antwortete. Den setzte er gerne selber ein, um einen unliebsamen Anrufer auf Distanz zu halten. Er konnte es dem Carabiniere nicht verdenken.

»Ja, also, ich bin mit meinem Kollegen hier in der Gegend im Urlaub, wir machen Touren mit unseren Motorrädern. Seit heute früh ist mein Freund in der Nähe des Sellajochs verschwunden. Ich mache mir Sorgen. Wir sind übrigens beide Polizisten.«

Für einen Augenblick hörte Axel durch den Hörer den anschwellenden Gesang eines Motorrads, das am Carabiniere vorbeifuhr und beschleunigte. Vielleicht lag es an der Verstärkung des Telefons, das Geräusch hatte jedenfalls eine infernalische Lautstärke, die ihn zusammenzucken ließ.

»Ein Deutscher«, sagte der Carabiniere, wahrscheinlich eher zu sich selbst als zu Axel.

»Heute Vormittag, sagen Sie? Dann ist er noch keine acht Stunden überfällig.«

Axel wartete auf den nächsten Satz des Mannes, »Geduld«, »morgen früh«, »keine Sorge« würden darin vorkommen.

»Ich bin ganz in der Nähe vom Evaldo. In zehn Minuten schaue ich mal bei meinem Verwandten Herrn Huber vorbei und frage nach Ihnen, einverstanden?«

Axel richtete sich auf. Dankbarkeit strömte mit einem warmen Gefühl in ihn ein.

»Das ist ganz großartig, vielen Dank, Herr Kollege. Ich warte in der Lobby auf Sie.«

Er ging zurück in das Hotel, gab seinen Zimmerschlüssel ab und setzte sich in einen plüschigen Ohrensessel mit gesticktem Tuch über der Rückenlehne als Schutz vor fettigem Haar. Ihm gegenüber hackte einer der Barbesucher von gestern Abend mit zwei Fingern eine Mail in sein Notebook, ohne zu ihm aufzublicken. Axel starrte in das unrasierte Gesicht des dunkelhaarigen Mannes, der gestern mit einem zweiten Mann an einem Tisch nicht weit entfernt gesessen hatte, und versuchte sich zu erinnern, ob er Gesprächsfetzen mitbekommen hatte, die ihm bei seiner Suche nach dem Anlass für Pauls Umkehr helfen konnten.

Axel blickte durch die Gardinen in Richtung Straße und Hotelvorplatz. Die Sonne schien wieder ohne Wolken auf Arabba, das perfekte Wetter für eine Motorradtour in den Dolomiten. Axel war die Lust darauf vergangen.

Er kam sich vor wie im Wartezimmer eines Arztes, während er auf den Carabiniere wartete. Man würde sich um ihn kümmern. Alles was er tun musste war abzuwarten, bis er an die Reihe kam. Beruhigt schloss er für einen Moment die Augen … In der Dunkelheit kam die akustische Erinnerung an gestern Abend wie eine Tonbandeinspielung über ihn … Gelächter, Streitgespräche und dramatische Erzählungen überlagerten sich, bis von der Popmusik, die zusätzlich im Hintergrund lief, nichts mehr zu hören war …

»Ein guter Ringrichter hat Plattfüße«, sagte der Ringrichter. »Immer schön auf den Boden damit und stabil stehen, auch in der Bewegung, egal in welche Richtung. So sieht das aus«, sagte er, sprang von seinem Stuhl auf und drängte sich auf die freie Fläche in der Bar.

Das helle Viereck zwischen den Tischen verwandelte sich in einen grell beleuchteten Boxring. Der Mann stand breitbeinig da, die Knie leicht gebeugt, tanzte federleicht zur Seite, nach vorne und nach hinten. Die Füße schienen auf einer dünnen Luftschicht zu schweben.

»Du musst ahnen, wohin sich die beiden Boxer bewegen werden und aus dem Weg gehen, bevor sie es tun. Du bist in ihren Köpfen, siehst durch ihre Augen, spürst den Schmerz, wenn einer getroffen wird und wie es ihn schwächer macht. Im Clinch stehst du ganz dicht bei ihnen, weil du jeden Schlag sehen willst. Wenn sie in die lange Distanz gehen, musst du dich synchron entfernen, um beide im Blick haben zu können. Du kämpfst den ganzen Kampf mit und übernimmst die Arbeit von beiden Boxern. Nur die Schläge bleiben dir erspart. Aber wenn du dazwischen gehst, kriegst du auch die ab.« Axel blickte fasziniert auf den Mann.

Vom langen Tisch am anderen Ende des Raums toste Gelächter wie eine Welle über sie.

»Keine Harley«, sagte eine leise Stimme mit einem leichten Akzent. »Genau«, sagte Axel, »alles, bloß keine Harley.«

Paul beugte sich vor und streckte gleichzeitig eine Hand zu ihm aus, damit er still war und sie hören konnten, was von dem Tisch hinter einem wuchtigen holzverkleideten Pfeiler hinter ihnen herüberklang. Durch den Lärm drangen nur einzelne Worte, aber die reichten Paul aus. Er sprang auf, verschwand mit schnellen Schritten um den Pfeiler.

… Axel kämpfte mit der Tischdecke, um von der Bank aufstehen und Paul helfen zu können, aber eine Hand an seiner Schulter hielt ihn zurück … Er wischte die Hand energisch weg und – öffnete die Augen.

»Herr Schröder«, sagte der freundliche Herr Huber zu ihm, »darf ich Ihnen meinen Schwager Luigi vorstellen?«

Axel rappelte sich hoch, leicht schwankend und benommen von seinem kurzen Schlaf. Ein schneidiger junger Mann stand vor ihm, mit einem schmalen Gesicht, in dem ein gut gepflegter, schmaler Schnurrbart glänzte, in einem grauen Tourenanzug mit einem roten *Carabinieri* Schriftzug und einer weißen Schärpe von einer Schulter zur Hüfte auf der anderen Körperseite. Die Schärpe sah aus wie das Relikt einer alten Uniform aus einem anderen Jahrhundert und Axel brauchte einen Moment, bis ihm klar wurde, dass sie genau das auch war. Er öffnete den Mund und schloss ihn sofort wieder. Sein Gehirn fand nur nach und nach aus dem Traum zurück in die wache Wirklichkeit. Er nahm Haltung an und salutierte schwach mit der flachen Hand an der falschen Seite des Kopfes, wie es die Roten Funken während des Kölner Karnevals praktizieren, um das militärische Getue der französischen Besatzungsarmee zu persiflieren. Der Carabiniere salutierte zurück, allerdings mit militärischer Schärfe und korrekter Ausführung.

»Hallo, Herr Biaggi. Vielen Dank, dass Sie so schnell gekommen sind.«

Axel hoffte, sein peinlicher Auftritt würde ohne Folgen für ihre professionelle Zusammenarbeit bleiben.

»Nennen Sie mich doch einfach Luigi.«

Axel räusperte sich.

»Gerne, Luigi. Ich bin Axel.«

Diesmal reichte er ihm die Hand, die fest geschüttelt wurde.

»Bitte entschuldige, ich bin gerade kurz eingeschlafen und noch ein wenig durcheinander.«

»Kein Problem, Axel.«

Luigi sprach den Namen wie »Aaaxäl« aus, aber das war im Vergleich zu Axels eigenen Schwierigkeiten mit Luigis Nachnamen ein Klacks.

»Setzen wir uns«, schlug Luigi vor. Er zog sich einen weiteren Ohrensessel heran und setzte sich umständlich. Die Motorradbekleidung und die Schärpe waren nicht für das Sitzen in rentnertauglichen Sesseln entworfen worden.

»Luigi, mir ist klar, jeden Tag verlieren sich zahllose Touristen aus den Augen, ohne dass jemand die Polizei ruft. Aber Paul Herzog ist Polizist und viel zu diszipliniert für solch ein Verhalten. Wir haben eine feste Absprache, was Fahrtunterbrechungen angeht und ihm ist klar, dass ich mir Sorgen mache. Ohne Grund ist er nicht zurückgefahren.«

»Woher weißt du, dass er zurückgefahren ist?«

Axel schluckte.

»Ich weiß es nicht wirklich, aber … Ich habe einen Schuhabdruck von einem Motorradstiefel, wie er ihn trägt, im Kies neben der Straße gefunden, sowie eine Beschleunigungsspur zurück Richtung Arabba.«

Luigi guckte zu Huber hoch, der immer noch neben ihnen stand, und nickte dann Richtung Axel.

»Verstehe«, sagte er.

Axel fühlte, wie sein Gesicht rot anlief. Seine Sorge mischte sich auf ungesunde Weise mit Peinlichkeit und Verzweiflung. »Mach deinen Job«, hatte Eva zu ihm gesagt. Überzeuge diesen Mann davon, dass er dich ernst nehmen muss.

»Mir geht noch etwas anderes durch den Kopf. Paul und ich haben gestern Abend hier in der Bar ein Gespräch mitgehört. Irgendetwas Verdächtiges ist gesagt worden, wir waren irritiert, haben es aber nicht deutlich verstanden. Ich versuche die ganze Zeit, mich daran zu erinnern. Und ich bin mir sicher, Paul ist das gelungen. Daraufhin ist er sofort zurück zum Hotel gefahren, so dringend war ihm die Sache.«

»Irgendetwas Verdächtiges …, du hast es nicht deutlich verstanden … Entschuldige, Axel, ich will wirklich gerne helfen, aber das ist ziemlich vage.«

Luigi zögerte einen Moment.

»Habt ihr euch gestritten?«, fragte er dann.

»Gestritten, nein wieso? Und selbst wenn, das ist doch kein Grund …«

Er verstummte, denn er verstand die Frage jetzt erst richtig.

»Wir sind kein Paar, Paul ist verheiratet. Äh, mit einer Frau, will ich sagen. Ich bin geschieden. Von einer Frau.«

»Okay.«

Luigi blieb entspannt. Das war eine ganz normale Polizistenfrage gewesen, wie Axel sie auch gestellt hätte.

»Und Paul geht nicht an sein Telefon, richtig? Kein Lebenszeichen von ihm seit heute früh, stimmt das?«

Axel suchte aufgeregt nach seinem Xperia. Wie konnte er das vergessen? Er wischte, bis das Facebook-Posting geladen war und hielt Luigi das Smartphone hin.

»Solche Fotos hat Paul im Lauf des Tages gepostet. Ich habe keine Ahnung, was da zu sehen ist und warum er diesen Quatsch hochlädt.«

Luigi beugte sich vor, wie auch sein Verwandter. Beide starrten auf das kleine Display. Huber richtete sich auf, sein Blick irrte durch die Lobby. Wahrscheinlich sucht er nach einer versteckten Kamera, dachte Axel. Er konnte es Huber nicht verübeln. Luigi blieb weiterhin professionell und sachlich.

»Das hilft uns nicht weiter. Folgendes kann ich tun. Ich frage per Funk nach jeder Meldung, die irgendetwas mit einem Unfall, einer technischen Panne oder sonst einem Ereignis mit einem Touristen und einem Motorrad zu tun haben kann. Du zeigst mir, wo mein Schwager deinen Kollegen zuletzt gesehen haben will. Und dann verbringst du einen ruhigen Abend hier im Hotel, um auf Paul zu warten. Wenn er bis morgen früh nicht aufgetaucht ist, meldest du dich bei mir und wir sehen weiter.«

Axel senkte den Kopf und nickte. Luigi hatte den befürchteten Spruch aufgesagt, aber das war ihm nicht zu verübeln. Tatsächlich war er wirklich bemüht und hilfsbereit. Schon gut, dass er zur Familie gehörte. Auch wenn er aus der Toskana kam.

Er geleitete ihn auf den Parkplatz, wo die Transporter und die Anhänger standen. Luigi hockte sich vor die Spanngurte und wühlte mit dem Zeigefinger in ihnen herum.

»Hier ist nichts«, sagte er sehr richtig. Was sollte er auch sonst sagen? Sie standen sich schweigend gegenüber. Schließlich legte Luigi ihm eine Hand auf den Oberarm.

»Ich kann dich verstehen, Axel. Mit jeder Sekunde, die Paul verschwunden ist, wird eine natürliche Erklärung immer unwahrscheinlicher. An deiner Stelle würde ich mir auch Sorgen machen. Versuch, ruhig zu bleiben. Ich habe das Gefühl, Paul ist ganz in der Nähe. Morgen früh suchen wir weiter.«

Axel nickte. Sie machten sich auf den Weg zurück zum Hotel. Nach wenigen Schritten vibrierte Axels Smartphone und das Signal für eine eingehende Nachricht ertönte. Der

Griff zum Gerät und die Wischbewegung waren eins, dann blickte Axel auf ein neues Posting von Paul. Die unscharfe Landschaft war wieder zu sehen, diesmal ein paar Schritte weiter nach rechts aufgenommen. Der größte Teil des Fotos blieb dunkel. Man konnte unmöglich ahnen, was darauf zu sehen war. Er hielt das Foto Luigi hin.

»Wenn Paul noch einigermaßen bei Sinnen ist, dann schickt er mir mit diesem Foto eine Nachricht. Aber verdammt, ich verstehe nicht, was er damit sagen will. Keine Ahnung, warum er stattdessen nicht anruft oder einen Text schreibt.«

Luigi starrte auf das Foto und murmelte vor sich hin.

»Was, wenn er keine andere Wahl hat? Wenn er weder anrufen noch texten kann?«

Axel schüttelte ungläubig den Kopf.

»Warum sollte das der Fall sein? Weil ihm im übertragenen Sinne die Hände gefesselt sind? Aber Moment mal, vielleicht ist sein Smartphone defekt. Es ist auf den Boden geknallt, das Display bekam einen Riss und spielt jetzt verrückt. Ich nehme an, technisch macht diese Idee Sinn, ein defektes Display verhindert manche Funktionen. Mir gelingt das ja bereits mit einem intakten Display ...«

Luigi lachte, er schien das Problem zu kennen.

»Zumindest kannst du ihn ja noch anrufen, komplett zerstört ist das Gerät also nicht. Gib mir übrigens Pauls Handynummer. Wahrscheinlich haben wir keine Chance auf eine Genehmigung, aber ich werde einfach mal eine Handy-Ortung beantragen. Die Bearbeitung eines solchen Antrags dauert ohnehin mindestens bis morgen früh.«

Axel rief Pauls Telefonnummer in seinen Kontakten auf und hielt Luigi das Gerät hin, damit er sie abschreiben konnte. Ein mindestens vierzig Jahre alter roter Fiat 500 bog knatternd auf den Parkplatz und quetschte sich in eine Ecke, die für ein normales Auto nicht ausgereicht hätte. Eine hübsche junge Frau stieg aus und winkte zu ihnen herüber. Axel erkannte die nette Bedienung von gestern Abend und winkte enthusiastisch zurück. Seine Bewegung ließ Luigi aufblicken.

»Stella, mein Stern, wie geht es dir!?«, trompetete er über den Platz. Stella kam heran, ihre Arbeitskleidung unter den Arm geklemmt.

»Ciao, ihr beiden Hübschen. Was hat euch denn zusammengeführt? Hat der deutsche Herr hier wieder Ärger gemacht?«

Luigi und sie küssten sich auf beide Wangen, ihm schenkte sie einen ironischen Knicks.

»Wieso Ärger? Wann habe ich in meinem Leben jemals Ärger bereitet?«

Axel war sofort aufgekratzt. Die Sorge um Paul und die Freude über Stella bekämpften sich in ihm ein wenig.

»Nun ja, gestern Abend wolltest du partout nicht einsehen, dass ich keine Zeit hatte, mir dir zu tanzen. Die anderen Gäste wollten schließlich auch noch etwas zu trinken serviert bekommen.«

»War das so? Ich kann mich kaum erinnern.«

Axel grinste über beide Ohren um zu übertünchen, dass er sich tatsächlich nicht in allen Einzelheiten an die Ereignisse erinnerte.

»Ist dir gestern Abend irgendetwas im Zusammenhang mit Axels Begleiter Paul aufgefallen?«

Luigi hatte anscheinend genug von Axels Turtelei und das war gut so. Stella runzelte die Stirn.

»Nein. Sollte es? Was bedeutet *Irgendetwas* in diesem Zusammenhang? Er hat brav bezahlt, wenn du das meinst.«

»Ich weiß nicht, wonach ich frage. Der Mann ist anscheinend verschwunden.«

Axel hörte genau hin. Luigi nahm Pauls Abwesenheit mittlerweile ernst.

»Verschwunden? Oh mein Gott! Hat er einen Unfall gehabt?«

Axel drehte in einer hilflosen Geste beide Handflächen nach oben.

»Ich weiß es nicht. Wir sind heute früh zusammen losgefahren, keine Stunde später war er plötzlich nicht mehr hinter mir. Ich bin die ganze Tour abgefahren, aber er ist wohl zum Hotel zurückgekehrt. Vielleicht ist sein Handy kaputt, denn er geht nicht ans Telefon, postet aber merkwürdige Fotos auf Facebook.«

Seine Stimme klang brüchig und er hatte keine Idee, wie er das überspielen sollte. Stella sah ihn an.

»Ich habe noch etwas Zeit, bis meine Nachmittags-Schicht beginnt. Sollen wir zusammen ein paar Schritte gehen?«

»Gerne«, erwiderte Axel und konnte schon wieder grinsen.

»Va bene, ich weiß dich in guten Händen. Ich mache meine Arbeit und wir hören spätestens morgen früh wieder voneinander.«

Luigi salutierte mit einem ironischen Augenzwinkern, küsste Stella wieder beidseitig und zog ab.

»Ein netter Mann«, sagte Axel und meinte das ernst.

»Ja, allerdings. Gut, dass er zur Familie gehört.«

Axel sah ihr zu, wie sie ihre Arbeitskleidung wieder in

den Fiat einschloss. Offenbar war jeder hier im Haus irgendwie Teil der Familie. Sie hakte sich bei Axel ein.

»Komm, wir gehen ein Stück die Straße entlang. Weiter vorne können wir an den Bach.«

Ein romantischer Spaziergang war es nicht gerade, weil sie direkt neben der Straße entlanggehen mussten. Der Ausblick auf die Berge war natürlich großartig und solange nicht zu viel Verkehr über die Straße preschte, wirkte das Plätschern des Baches wunderbar beruhigend.

»Mach dir nicht zu viele Sorgen, Axel. Pauls Verhalten ist merkwürdig, aber meist gibt es für solche Ereignisse eine Erklärung.«

Sie machten ein paar Schritte von der Straße weg zum Bach. Viel Wasser führte der jetzt im Sommer nicht, das Wasser rauschte trotzdem mit jedem Schritt lauter.

»Das Schlimme ist, ich habe das Gefühl, die Erklärung zu kennen. Gestern Abend haben Paul und ich einen merkwürdigen Gesprächsfetzen von einem Nebentisch mitgehört. Der war nicht eindeutig, aber beunruhigend. Leider erinnere ich mich nur an dieses Gefühl und sonst nichts.«

»Puh, da kann ich dir wohl nicht weiterhelfen. Gestern war so viel los, ich konnte kaum mein eigenes Wort verstehen. Und ich musste ja auch servieren.«

»Aber deshalb warst du ja auch an allen Tischen und hast alle Gespräche mitbekommen, oder? Weißt du noch, wer am nächsten an Paul und mir an den anderen Tischen saß?«

Sie sah ihn an, als hätte er einen schlechten Witz gemacht. »Natürlich. Ich kann dir sogar sagen, an welchem Tisch was getrunken wurde und wie hoch die Zeche insgesamt war. Ihr hattet zum Beispiel neben dem Wein noch vier Grappa und …«

»Lass gut sein, ich kriege schon vom Zuhören Kopfschmerzen. Wer saß also direkt bei uns?«

»Der kleine Mann, der sich so drahtig bewegt. Die dicke Frau mit ihrem Sohn. Die zwei Wanderer, die fast am Tisch einschliefen. Die Gruppe Motorradfahrer aus Hamburg. Die beiden schicken jungen Männer mit den Caps. Der Rentner, der nicht schlafen konnte und Kreuzworträtsel löste. Das war eure Ecke. Gegenüber dann ... Aua!«

Sie hielt sich mit schmerzverzerrtem Gesicht den Arm. Axel wurde bewusst, dass er ihn mit aller Kraft zusammenpresste.

»Da«, flüsterte er. »Da vorne im Wasser liegt Pauls Helm.«

6.

Er hielt sich mit den Händen an großen Felsen fest, um nicht auf dem Geröll unter Wasser auszurutschen. Seine Motorradstiefel ließen bisher kein Wasser eindringen, aber das wäre ihm auch egal gewesen. Pauls schwarz-roter Shoei klemmte an einem Stein mit der Öffnung nach oben. Der Wasserspiegel war bis zum Rand des Visiers gestiegen und schwappte jetzt kontinuierlich über. Paul trug im Dienst einen Klapphelm, aber in der Freizeit lieber einen Integralhelm. Axel beugte sich vor und öffnete das Visier, damit das Wasser ablaufen konnte, bis der Helm leicht genug geworden war, um ihn aus dem Bach zu fischen. Er schwankte zurück zu Stella. Mittlerweile waren seine Strümpfe nass. Soviel zur Regentauglichkeit der Stiefel. Er legte den Helm im Gras ab und hockte sich daneben. Der Helm war nicht zerkratzt oder sonst wie beschädigt.

»Warum hat Paul den Helm in den Bach geworfen? Er war stolz auf dieses verdammte Ding, farblich passend zur BMW neu gekauft ... Was ist hier los?«

Seine Stimme zitterte. Das hier war der handfeste Beweis, dass etwas nicht stimmte, ganz und gar nicht in Ordnung war. Jede mögliche Erklärung für diesen nassen Helm war absolut furchteinflößend. Paul war zurück zum Hotel gefahren, hatte den Helm von sich geworfen und ... Er stand auf und griff Stella wieder viel zu fest an den Oberarm.

»Wohin geht es den Bach lang? Gibt es mehr als einen Weg, wenn man hier weitergeht?«

Er sprach zu laut und schüttelte sie leicht dabei, aber Stella beschwerte sich nicht. Seine Panik hatte sich auf sie übertragen.

»Auf der anderen Seite des Baches gibt es einen Weg, der führt nach einem kurzen Stück bergauf. Hoch bis zum Hausberg da oben. Kein doller Gipfel, aber der Ausblick ist ganz schön.«

Axel blickte zu der grünen Spitze, die auf der anderen Seite des Tals über dem Ort thronte. Wie lange würde man bis dort oben brauchen, ohne die Kondition eines Wanderers? War das ein Spaziergang, den er machen würde, wenn er allein sein und den Kopf freibekommen wollte? Depression. Das Wort leuchtete in seinem Kopf auf, blinkte und wurde immer größer, bis es alles andere verdeckte. Wo kam das jetzt her? Konnte sein bester Freund ein depressiver Mensch sein und es vor ihm verbergen? Hatte er Anzeichen für solch eine Erkrankung mitbekommen und sie verdrängt, weil er es nicht wahrhaben wollte? Axel spürte, wie sich eine große Falltür unter ihm öffnete und er hindurchfiel.

Alles war möglich. Er konnte seinen eigenen Urteilen und Wahrnehmungen nicht mehr trauen.

»Was ist los, Axel? Du sagst ja gar nichts mehr.«

Er riss sich aus seinen Gedanken.

»Ich überquere den Bach und suche diesen Weg. Vielleicht ist Paul hier für einen Spaziergang entlanggegangen.«

Er grinste, aber schief. Stella verstand, was mit ihm los war.

»Ja klar, geh ihn suchen. Ich muss zurück. Tu mir einen Gefallen und ruf im Hotel an, wenn du ihn gefunden hast. Ich mache mir Sorgen um euch beide.«

Sie umarmten sich flüchtig, dann watete Axel wieder durch den Bach. Den Helm nahm er mit, ohne recht zu wissen warum. Auf der anderen Bachseite drehte er sich um. Stella ging Richtung Hotel, den Kopf gesenkt. Sie erschien ihm schon jetzt ungemein vertraut.

Er musste sich einige Meter durch das Unterholz schlagen, bis er auf einen breiten Weg stieß. Er folgte ihm im Schatten der Nadelhölzer am Bach entlang. Eine endlose Kolonne von Motorradfahrern unten auf der Straße rollte durch das Tal, zu viele, um zu einer Gruppe zu gehören. Das Brausen der Motoren überlagerte sich und wurde von den Hängen zurückgeworfen.

Die nassen Stiefel quietschen bei jedem Schritt und Pauls Helm war eine unhandliche Last. Der Weg schlängelte sich nach rechts. Axel stöhnte. Eine leichte konstante Steigung zog sich beinahe gerade bergauf so weit er sehen konnte. Er öffnete den Reißverschluss der Lederkombi bis ganz nach unten. Zwischen den Bäumen war es kühl, aber auf jeder Lichtung hatte sich die Hitze des Tages gesammelt und erwartete ihn hinterhältig. Er stampfte los und wusste nach drei Schritten, warum er es noch nie in seinem Leben zu einem Wanderurlaub hatte kommen lassen. Ihm widerstrebte die Idee im Prinzip und im Detail bei jedem Schritt. Nach hundert Metern schnaufte er wie ein Walross auf dem Trockenen. Er versuchte, Atmung und Schritte miteinander zu koordinieren, startete mit einer Einatmung über zwei Schritte und einer Ausatmung über zwei weitere, ließ sich dann schnell auf eine Atemrichtung pro Schritt ein und landete schließlich bei einer japsenden Ein- und Ausatmung für jeden Schritt. Zwischendurch blickte er hoch, um sein Vorankommen abschätzen zu können. Seine schweißnassen Haare klebten im Nacken. Lange Zeit schien es keinen Fortschritt zu geben, dann wichen die Bäume vor ihm allmählich immer weiter zurück und verteilten sich am Hang. Baumgrenze, hallte es in seinem Kopf, weil er seit einer Weile nicht mehr in ganzen Sätzen denken konnte. Das war auch gut so und vielleicht ohnehin Zweck der Übung. Den Kopf freiblasen. Vielleicht hatte Paul genau das im Sinn gehabt. Vielleicht lag er oben auf dem Gipfel in der Sonne, einen Grashalm zwischen den Zähnen. Wie der Ziegenpeter. War das richtig, Ziegenpeter? So hieß doch der Bruder von Heidi, der *Heiiiiiiiidi* aus diesem Lied? Er schwankte leicht. Nicht genug Sauerstoff für komplexe Gedanken vorrätig. Nur für Wortfetzen, wie gestern Abend: *Drehmoment. Tagesetappe. Christel. Radarfalle.*

Babylon, Wirrwarr, Sprachverwirrung. *Mit genug Drehmoment entgeht Christel der Radarfalle während der Tagesetappe.* Axel kicherte. Vielleicht sollte er eine Pause machen. Wahrscheinlich sorgte die extreme Höhenluft für eine Verwirrung seiner Sinne. Er blieb stehen und drehte sich zum ersten Mal um. Auf halber Höhe konnte er bereits das Tal überblicken, an manchen Stellen sogar das Nachbartal. Am Horizont stapelten sich Berggipfel in HD-Auflösung vor einem strahlend blauen Himmel. Beeindruckend, musste sich Axel eingestehen. Wenn er nur ein kleines Stück weiter bergauf stieg … Und schon war er wieder unterwegs, auf der Suche nach mehr von diesem atemberaubenden Fernblick. Seine Funktionswäsche hatte mittlerweile aufgegeben, ohne Kühlung durch Fahrtwind konnte sie den Schweiß unter der Lederhaut nicht ausreichend nach außen tragen. Zu spät kam ihm der Einfall, sich aus den Ärmeln der Kombi zu pellen, um den Oberkörper frei zu legen. Er verknotete die steifen Lederärmel vor dem Bauch, aber nach wenigen Schritten folgten diese der Tendenz, die Arme wieder weit auszubreiten, so dass die Kombi ins Rutschen kam. Er hielt sie mit einer Hand am Reißverschluss vor dem Schritt fest und keuchte mit Pauls Helm in der anderen Hand bergauf. Ihm fehlte jede Vorstellung, wie lange er schon unterwegs war. Ob es blitzartig dunkel werden würde und er im Schutz eines Felsens übernachten musste? Seine alpine Bergerfahrung bestand aus einem Luis-Trenker-Film, den er als Jugendlicher gesehen hatte. Davon waren ihm im Wesentlichen die buschigen Augenbrauen von Trenker in Erinnerung geblieben. Er war sich unsicher, ob ihm dies beim Überleben am Berg helfen würde.

Mittlerweile konnte er tatsächlich ab und an den Gipfel sehen, weil der Weg sich nun in sanften Serpentinen bergauf schlängelte und ständig die Aussicht veränderte. Er gewöhnte sich an, die Kurven des Weges wie ein Motorradfahrer zu gehen, also so lange wie möglich außen zu bleiben, am Schnittpunkt ganz nach innen zu ziehen und viel Schwung durch die Kurve mitzunehmen. Auf das Abbremsen vor der Kurve verzichtete Axel, weil auch das Herausbeschleunigen beim Wandern deutlich weniger dynamisch ausfiel als auf seiner Nine T.

Der Gipfel lockte, jedoch verweigerte der Körper so kurz vor dem Ziel nach und nach die Gefolgschaft. Es begann mit einem Zittern in den Knien und einem leichten Schwindelgefühl, wenn er den Kopf zu weit in den Nacken schob. Seine rechte Ferse zwickte schon eine Weile. Er hatte den Schmerz tapfer ignoriert, aber jetzt setzte er sich ohne nachzudenken auf einen großen runden Stein, um am Reißverschluss seines Stiefels zu zerren. Sobald der Schuh vom Fuß war, blähte sich der gequälte Fuß auf die doppelte Größe auf. Axel zweifelte, ob er ihn später wieder im selben Schuh würde unterbringen können.

Der Socken war komplett nass, wahrscheinlich seit der Bachdurchquerung. Als er ihn vom Fuß gestreift hatte, erschrak er. Seine Zehen waren aufgeweicht, madig und weiß wie Hühnerbrust. Am Fersen beulte eine daumendicke Blase, von Flüssigkeit prall gefüllt. Die Haut war so transparent, dass er darin feine Blutschlieren zu sehen meinte. Er starrte auf die Blase. Wie lautete noch mal die Empfehlung? Sollte man sie anstechen, damit das Wundwasser ablaufen konnte? Oder die Blase in Ruhe lassen, damit es keine Infektion gab? Wahrscheinlich war das reine Glaubenssache und er hatte eine fünfzig zu fünfzig Chance, einen Fehler zu machen. Weil er kein Messer dabei hatte und schon lange nicht mehr in der Lage war, in seine eigene Ferse zu beißen, überließ er die Blase ihrem natürlichen Schicksal. Der nasse Socken fühlte sich angenehm kühlend an, als er ihn mit viel Mühe wieder über den Fuß zog, aber auf halbem Weg in den Schuh überkamen ihn Zweifel. Er riss den Socken wieder vom Fuß und bugsierte den nackten Fuß vorsichtig in die lederne Hülle. Die Blase schien schmerzunempfindlich zu sein, bis er aufstand und den Fuß belastete. Der Schmerz war gemein, zwang ihn zu einer Vermeidungshaltung, die bei jedem Schritt nach einem wegknickenden Fuß aussah und sich auch so anfühlte. Hatte Reinhold Messmer nicht bei einer solchen Gelegenheit ein paar Zehen eingebüßt? Und hieß Reinhold der Berggott wirklich wie diese Teesorte? So viele Fragen, so wenig Antworten.

Mit jedem Schritt kam der Gipfel näher. Bis der Weg wieder eine Biegung machte und dabei das Ziel ein paar Kilometer weiter nach hinten verschob. Axels Blick irrte über den Hang vor sich. Was, wenn er den Weg verlassen und den direkten Pfad zum Gipfel einschlagen würde? Louis Trenker sendete ihm aus den Tiefen seines Langzeitgedächtnissen das Wort *Direttissima* und die Erinnerung, dass diese Route dem Filmhelden jede Menge Ärger eingebracht hatte. Also quälte er sich weiter die Langspielplatten-Fassung des Weges entlang, auch wenn ihn bei jedem Schritt ein Chihuahua-Welpe in die Ferse biss.

»Paul.« »Paul.« »Paul.«

Bei jedem Schritt rief er sich den Namen seines Freundes zu. Die Anstrengung verdoppelte sich mit jedem Meter und ohne die Aussicht auf Erlösung, eine Kante mit anschließender Wiese auf der Höhe, wäre er womöglich einfach stehen geblieben. Er zählte die Meter bis zu der Kante, dann die Schritte bis zum letzten Hindernis, einem brusthohen Einschnitt in den Hang, wo großflächig Erde abgerutscht war. Den Arm steckte er durch den Sehschlitz des Helms und ließ die Kombi los, um beide Arme frei zu haben. Auf allen

Vieren wühlte er sich durch den weichen Sand des Einschnitts, überwand die Kante zum Gipfelplateau und kroch atemlos ein paar Meter über die Wiese. Dann stand er vorsichtig auf und torkelte mit rutschender Kombi nach vorne in Richtung einer Holzbank mit Aussicht auf das Tal. Die Kombi rutschte noch ein Stück weiter, verfing sich in den Knien und behinderte seinen Gang. Der Bank zum Greifen nah, hüpfte er wie beim Sackhüpfen mit schlackerndem Helm bis zum Ziel, drehte sich halb und ließ sich fallen.

»Grüß Gott!«, sagte er mit fester Stimme zu der Gruppe blauhaariger Rentnerinnen, die auf der Wiese vor der Bank auf einer Decke saßen und ihn erwartungsvoll ansahen.

Die Bekanntschaft mit Greta, Gertrud, Rosi, Rita und noch ein paar weiteren bezaubernden Frauennamen mehr. Ein luftgetrockneter Socken. Eine Plastiktasse lauwarmen Kräutertees. Ein geschälter Apfel und ein Stück Salami. Ein duschfestes Wanderpflaster aus der Weltraum-Technologie. Das waren die Ergebnisse von dreißig Minuten Gipfelglück für Axel.

Er hing schlaff auf der Bank, den Blick auf den Horizont gerichtet. Berge, soweit er sehen konnte. Die Damen hatten ihn mit allen möglichen Bergnamen bombardiert, ihm reichte es, angeblich bis nach Deutschland und Österreich sehen zu können.

Alles gut und schön. Aber kein Paul, kein Ziegenpeter.

Und eine mehrfache Unendlichkeit zwischen ihm und der Dusche auf seinem Zimmer im Evaldo. Abstieg hatte nicht nur in der Bundesliga einen üblen Beigeschmack. Er schätzte ganz realistisch ein, er würde jeden Schritt, den er bergauf hinter sich gebracht hatte, bergab wiederholen müssen. Die Logik dieses Vorgangs erschien ihm grausam und unzivilisiert. Wozu gab es Taxis, Rettungshubschrauber, Seilbahnen? Er stöhnte leise, als er sich aufrichtete. Sein Xperia vibrierte und klingelte dezent durch das Leder der Kombi. Unglaublich, dass er hier in der unberührten Natur Empfang hatte. Seine Finger zitterten ein wenig beim Display-Wischen. Dann zitterten sie noch mehr, weil ihm ein neues Posting von Paul angekündigt wurde. Ungeduldig starrte er auf das Foto, das sich Zeile für Zeile auf dem Display aufbaute. Eine weitere Variation der Wüstenlandschaft im Halbdunkeln. Axel riss sich von der Bank hoch. Er musste zurück. Sein bester Freund war verschwunden und offensichtlich wahnsinnig geworden.

Die Blase an der Ferse schmerzte kaum bei den Schritten bergab. Dafür reichten einhundert Meter Wegstrecke, um seine Zehen zu einem dringenden Notruf zu veranlassen. In den weichen Motorradstiefeln rutschten die Füße bei jedem Schritt nach vorne, wo die zarte Haut an den Zehenspitzen jedes Mal vom kompletten Gewicht von Mann und Bekleidung gegen den Innenschuh gedrückt wurde. Die Reibung sorgte erst für Hitze, dann für Brandblasen und ab der Hälfte der Strecke für Blutungen. Zumindest vermutete dies Axel, der sich nicht traute, anzuhalten und nachzusehen. Zusätzlich fanden seine Knie die ungewohnte Belastung richtig ätzend und ließen ihn als Warnung vor drohender Alters-Arthrose heimtückische Schmerzen spüren. Er versuchte, die Schmerzen mit unterschiedlichen Schrittarten zu verringern, aber davon wurde lediglich sein Gang immer torkelnder. Schließlich blieb er stehen, sah sich prüfend nach anderen Wanderern um – er war der einzige Extrembergsteiger an dieser Flanke des Hausberges – und drehte sich mit dem Gesicht zum Hang. Die ersten Schritte rückwärts schienen erfolgversprechend, weil die Zehen entlastet und die Knie an anderer Stelle belastet wurden. Dafür konnte er kaum noch vorausschauen, musste die Füße quasi blind auf Steine und Absätze stellen. Sein Tempo entschleunigte sich immer mehr, bis seine Rückkehr vor Einbruch der Dunkelheit unwahrscheinlich wurde. Axel ergab sich seinem Schicksal, drehte sich wieder um und ließ sich von der Schwerkraft zu Tal ziehen. Weil die Knie das abrupte Abstoppen seiner Masse immer mehr verweigerten, beschleunigte sich seine Talfahrt allmählich, bis er mit langen Schritten bergab lief. Die Schmerzen in den Zehen verdrängte er, so gut es ging.

Irgendwann erreichte er den ebenen Waldweg zurück in Richtung Hotel. Die Belastung von Zehen und Knien nahm schlagartig ab, aber es war bereits zu spät. Die aufgeweichten Motorradstiefel fühlten sich wie dornenbesetzte mittelalterliche Folterwerkzeuge an, die ihn bei jedem Schritt zu einem umfassenden Geständnis seiner teuflischen Taten aufforderten. Axel erreichte den Bach, eine wunderbare Gelegenheit, die Stiefel auszuziehen und mit nackten Füßen durch das kalte Wasser zu waten. Entlang der Straße waren vom Tourismus-Büro des Ortes ausgesucht kleine und spitze Steine gestreut worden, auf denen er sich wie bei einem Gang über glühende Holzkohle bewegte. Pauls Helm und die Schuhe in der einen Hand, die andere am Reißverschluss der rutschenden Lederkombi, derwischte er die Straße entlang. Das Hotel schien jenseits des Horizonts zu liegen und kam nur in elektromikroskopischen Einheiten näher. Axel konzentrierte sich auf sein Ziel und blendete alles andere aus. Umso überraschter war er, als vor ihm plötzlich eine voluminöse Touren-Honda anhielt, der Fahrer sich aus einem Gebirge von Gepäcktaschen und Seitenkoffern abseilte, zu ihm gestürzt kam und ihn mit einem gekonnten Ringergriff zu Boden brachte.

»Ganz ruhig, alles ist gut, ich bin Arzt. Wo ist der Unfall geschehen? Gibt es noch mehr Verletzte?«, brach es aus dem Mann heraus. Axel wand sich wie ein Aal, weil er weiter Helm und Hose fest umklammerte.

»Danke, Mitmensch, danke, danke!«

Er lachte dem Mann ins Gesicht.

»Schwer zu glauben, aber ich bin einfach nur ein Motorradfahrer, der zu Fuß geht. Ist mir nicht gut bekommen, das gebe ich zu. Aber es liegt kein Notfall vor.«

Er rappelte sich auf, während der Mann ungläubig zusah.

»Ich muss es nur noch bis zum Evaldo dort vorne schaffen. Das kriege ich hin, vielen Dank. Und meinen Zustand kann ich erklären. Siehst du den Gipfel da oben, an der Grenze zur Troposphäre?«

Der Blick des Mannes irrte über die Berge vor ihnen.

»Da oben bin ich gewesen. Ganz allein, ohne fremde Hilfe. Hört sich verrückt an, ich weiß.«

Axel grinste.

»Werde ich auch nie wieder tun, das verspreche ich. Euch eine sichere Fahrt!«

Kopfschüttelnd bestieg der mobile Notarzt wieder seinen Platz auf dem Motorrad. Axel sah sich den Abflug der Honda an und trottete dann weiter zum Hotel. Ein neuer Minivan war angekommen, eine Gruppe Wanderer versperrte den Weg zum Hoteltresen. Sie schnatterten auf Italienisch, laut, lebhaft, alle gleichzeitig. Axel umrundete sie und drängelte sich dann bis zu Stella an den Tresen.

»Er war nicht da oben. Ich brauche den Zimmerschlüssel. Schnell, bitte.«

Sie sah seinen flackernden Blick, nahm den Schlüssel aus seinem Fach und hielt ihn Axel hin. Dann registrierte sie seine blockierten Hände, beugte sich über den Tresen und drückte ihm den Schlüssel in den offenen Reißverschluss unter seiner Hand.

»Du siehst furchtbar aus, Axel. Geh dich frischmachen, wir reden später«, sagte sie. Axel nickte und leitete einen seitlichen Abgang ein. Die erste Stufe der Treppe war bereits eine Qual, auf dem Absatz machte er eine kurze Pause. Im Spiegel vor sich sah er sich selbst, einen verschwitzten Mann mit hängender Lederhose und einem Motorradhelm am Arm. Hinter sich erkannte er die Gruppe italienischer Wanderer, wie ein Chor im Halbkreis um die Treppe gruppiert. Sie blickten mit weit aufgerissenen Augen zu ihm hoch, stumm wie Fische auf dem Trockenen. Axel torkelte weiter zu seinem Zimmer. Er war wild entschlossen, in den nächsten Tagen nur in Flip-Flops und höchstens bis zum Speisesaal zu Fuß zu gehen.

7.

Seine Füße zeigten über die Bettkante hinweg zum Fenster in Richtung seines Schicksalsberges. Nach einem halben Menschenleben unter der heißen Dusche, in frischen Klamotten und mit ein wenig Hautcreme für die Problemzonen der Gesichtshaut auf seinen Zehen ging es ihm schon besser. Pauls Helm lag zum Trocknen auf dem Fensterbrett. Axel hatte das Kopfkissen gegen die Wand gelehnt und saß aufrecht auf dem Bett, sein Smartphone in der Hand. Seit

Minuten starrte er auf Evas Telefonnummer und ließ dabei seinen Daumen über dem Symbol zur Wiederwahl schweben. Er traute sich nicht, sie anzurufen, dabei war seine Rückmeldung schon viel zu lange überfällig. Was sollte er ihr sagen? Dass Paul seinen Helm in einen Bergbach geworfen hatte? Auf keinen Fall. Es war besser, nichts zu melden. *No news are good news* lautete ja der bescheuerte Spruch.

Das Xperia vibrierte in seiner Hand und klingelte dann so laut, dass er es vor Schreck fast von sich geworfen hätte.

»Axel«, sagte Eva entschlossen, »was hast du mir zu berichten?«

»Hallo Evi, ich hätte dich in diesem Augenblick angerufen. Ich, Paul, also …«

Jede Sekunde Herumgestottere musste für Eva reine Folter sein. Endlich fiel ihm etwas ein.

»Die Polizei ist verständigt und tut alles in ihrer Macht stehende, um Paul zu finden. Alle Kräfte arbeiten koordiniert zusammen und …«

Er verstummte. Eva erkannte das inhaltsarme Blabla für die Öffentlichkeit gedachter Mitteilungen der Kölner Polizei nach fünfzehn Jahren Ehe mit einem Polizeibeamten genau so schnell wie er.

»Du hast nichts herausgefunden«, sagte sie schließlich in einem Tonfall, der wie ein Strom gefrorener arktischer Luft in sein Ohr drang. Axel hielt ihre Enttäuschung nicht aus.

»Ich habe seinen Helm gefunden. In einem Bergbach nah am Hotel. Bin dem Weg dort bis zur Spitze des Berges gefolgt, ohne Paul zu sehen.«

Er hatte erwartet, sie mit dieser Nachricht zu schockieren, aber Eva reagierte sachlich.

»Das kann alles Mögliche bedeuten, nicht automatisch etwas Schlechtes. Aber wenn der Helm beim Hotel zu finden war, wo ist dann das Motorrad?«

Axel richtete sich starr auf. Gute Frage, verdammt! Wo war die BMW? Paul war ja nicht ohne Helm weitergefahren.

»Ich habe keine Ahnung, Evi. Vielleicht war das gar nicht Pauls Helm. Wäre zwar ein bekloppter Zufall, aber der Helm ist ja kein Einzelstück. Polizeiarbeit lehrt dich, alles Unmögliche ist möglich. Oder er hat sich spontan einen neuen Helm be- und seinen alten im Bach entsorgt. Erscheint mir auch nicht viel wahrscheinlicher. Ich wünschte, Paul würde uns all das jetzt klarlegen.«

Er suchte verzweifelt nach einer Ablenkung für Eva.

»Sag mal, kannst du dir Pauls Fotos auf Facebook erklären? Könnten das vielleicht Bilder einer Wüstenlandschaft sein? Wart ihr irgendwann mal zusammen in der Wüste unterwegs?«

Eva lachte.

»Axelchen, du weißt genau, Paul und ich fahren jedes Jahr nach Ostende an die Nordsee. Und nicht in die Wüste. Diese Fotos hat er nicht selbst aufgenommen, sondern irgendwo im Internet gefunden. Warum er uns die sendet, bleibt vorerst sein Geheimnis.«

Sie schwiegen einen Moment.

»Axel, ich kann mir vorstellen, was du denkst. Pauls Verhalten wirkt verwirrt. Glaub mir, er ist weder depressiv oder sonst wie durcheinander. Es gibt eine Erklärung für sein Verschwinden. Wir haben sie bloß noch nicht gefunden.«

»Du hast Recht, Eva.«

»Pass auf, Axel. Es ist für mich nicht leicht, hier zu sitzen und abzuwarten, was sich bei euch tut. Du kannst aktiv sein und Paul suchen, ich kann nur versuchen, nicht wahnsinnig zu werden. Stell dir vor, ich sei eine Kollegin, der du den Fall übergibst. Erzähl mir einfach alles, auch die winzigste Nebensache, die sich seit gestern Abend ereignet hat.«

Axel schloss die Augen und konzentrierte sich. Er berichtete Eva von den Gästen in der Hotelbar und den Gesprächen, dem gemeinsamen Selfie für Facebook am Morgen, wie Paul und er in bester Laune aufbrachen, seine verzweifelte Suche entlang der Route, den Gesprächen mit Hubert und Luigi und wie er den Gipfel stürmte bei der vergeblichen Suche nach Paul. Eva stellte ab und zu eine Zwischenfrage und schien ansonsten in Stichworten mitzuschreiben. Am Ende seines Monologes fasste sie die Geschehnisse zusammen.

»Ich danke dir, Axel. Wir haben nicht viel, mit dem wir arbeiten können, aber wenigstens fühle ich mich jetzt etwas weniger hilflos. Bitte melde dich, sobald es etwas Neues gibt.«

»Selbstverständlich, Evi. Ich hoffe, du kannst später schlafen.«

Axel legte auf. Vom Bett aus blickte er durch das offene Fenster auf das Tal. Der Sommertag draußen verlor allmählich von seiner Strahlkraft, auch wenn es noch eine Weile hell bleiben würde. In seinen Beinen spürte er jeden Höhenmeter, den er heute bergauf und wieder bergab gewankt war. Für einen Moment schloss er die Augen …

Als er erwachte, dämmerte es draußen bereits. Er hatte keine Ahnung, wie lange er geschlafen hatte. Sein Magen signalisierte deutlich, es war Zeit aufzustehen und in den

Speisesaal zu ziehen. Er ließ die Beine über die Bettkante hängen und richtete sich ächzend auf. Steifbeinig stakste er in das Badezimmer, ließ Wasser in seine Hände laufen und versenkte sein Gesicht mit offenen Augen hinein. Das Wasser war eiskalt, als wäre es vor kurzem noch ein Schneefeld auf einem der hohen Gipfel gewesen. Seine Lebensgeister wurden wach und kehrten in seinen erschöpften Körper zurück.

Axel blieb in Bart-Simpson-T-Shirt und Trainingshose, die er schon trug und ergänzte das Outfit durch seine neongrünen Flip-Flops. Stilbewusste Hotelgäste würden sich auf einen Toleranztest einstellen müssen. Er schlurfte den Gang entlang, froh über die Bewegungsfreiheit seiner Zehen. Die Flip-Flops flippten und floppten unangenehm laut auf den Treppenstufen, als er langsam in die Lobby hinunter ging. Stella kam wie auf Kommando hinter dem Tresen hervor. Sie hakte sich bei ihm ein, wie vor ein paar Stunden bei ihrem kurzen Spaziergang, und geleitete ihn in Richtung Speisesaal.

»Du bist heute unser Ehrengast, Axel. Das Evaldo möchte dich zu einem ganz besonderen Schmaus einladen. Ich werde deine Tischdame sein und versuchen, dich angenehm zu unterhalten.«

Axel war verblüfft, freute sich aber über diese besondere Behandlung und Stellas Begleitung. Als sie den großen Saal mit den goldfarbenen Deckenverzierungen und den luxuriösen Tischdekorationen betraten, verstummten dort die Gespräche. Die italienischen Wanderer waren entlang der Fenster platziert, die Hotelgäste vom gestrigen Abend saßen an Tischen in einem Kreis um einen Zweiertisch in der Mitte des Speisesaals. Alle im Raum drehten sich um und sahen Axel an. Anscheinend hatte sich Pauls Verschwinden im ganzen Hotel herumgesprochen. Axel war die Stille unangenehm, aber Stella führte ihn ungerührt zu dem Zweiertisch.

»Was möchtest du trinken, Axel? Wie wäre es mit einem Glas Prosecco di Valdobbiadene?«

Axel fühlte sich nicht wohl in seiner Haut. Vielleicht konnte ihm ein Glas Prosecco dabei helfen, sich zu entspannen. Er nickte. Wie aus dem Nichts stand ein Kellner vor ihm und stellte zwei beschlagene Gläser mit perlendem Schaumwein vor sie. Er prostete Stella zu und nippte am Prosecco. Die Gespräche an den Nebentischen wurden zaghaft wieder aufgenommen. Axel lehnte sich zurück und versuchte sich an einem Lächeln in Richtung Stella.

»Du hast mich ja mitten auf den Präsentierteller gesetzt. Ging das nicht auch ein wenig unauffälliger?«

»Schon, aber wir haben dich mit Absicht hier in die Mitte platziert. Vielleicht kannst du dich so erinnern, was gestern um dich herum gesprochen wurde. Und vielleicht findest du dann einen Hinweis darauf, weshalb Paul zurückgefahren ist.«

Axel sah sich um. Die Gäste an den anderen Tischen saßen mehr oder weniger so wie am Abend zuvor. Er fragte sich, ob sie diese Sitzordnung ihm zuliebe einhielten und ob Huber und Stella sie instruiert hatten, den gestrigen Abend noch einmal aufleben zu lassen. Die Biker aus Hamburg waren ähnlich gut drauf wie vor vierundzwanzig Stunden. Ein großer Typ mit schulterlangen Haaren und einer blickdichten Sonnenbrille vor den Augen diskutierte mit einem kräftigen kleinen Mann mit Vollglatze.

»Natürlich kannst du mit deinem Pirelli keine Schräg-

lage fahren wie Bradl. Der Stefan würde mit diesem Reifen auf unserer Tour genauso rumtrödeln wie du, glaube mir.«

»So ein Quatsch. Bradl würde unser Stützradfahren noch nicht mal als Schräglage erkennen. Der zieht durch unsere Gruppe wie ein Schweißbrenner durch Butter. So schnell kannst du gar nicht gucken!«

»Jetzt mach mal halblang, Dicker …«

Und weiter ging das fachmännische Streitgespräch am Nebentisch. Stella lächelte ihn an.

»Tut mir leid, wenn ich Paul bei solchen Themen nicht wirklich ersetzen kann.«

Axel zuckte mit den Schultern und lächelte zurück.

»Das macht gar nix. Die Schräglage von Bradl findet sowieso in einem anderen Universum statt, da kann auch ich nicht mitreden.«

Am Tisch rechts von den Hamburgern war es stiller, die beleibte Frau mit den roten Haaren und ihr Sohn in einer Matrosenjacke schwiegen nämlich einvernehmlich vor sich hin. Die Frau hatte ihr Tablett an das Wasserglas vor ihrem Teller gelehnt und einen Kopfhörer-Knopf im Ohr. Axel war das unheimlich, den Jungen schien es aber nicht zu stören. Wahrscheinlich kannte er seine Mutter nur in diesem Zustand und hielt ihn für gottgegeben.

»Zahlen«, sagte Stella. »Beim Abräumen konnte ich sehen, die Frau wartet auf Textnachrichten mit vielen Zahlen in Tabellen.«

»Ja, so habe ich das gestern auch mitbekommen. Was kann das bloß sein?«

»Statistiken, Messwerte, irgend so was. Aber was mag so wichtig sein, dass sie es beim Essen mitverfolgt?«

»Ahoi vierneunvierkommaneun«, sagte die rote Frau in diesem Moment, als wollte sie ihnen einen Hinweis geben.

»Ahoi?«, fragte Axel. »Und der Junge in einer Matrosenjacke? Maritime Motive in den Bergen? Sehr geheimnisvoll ...«

»Weißt du was? Ich frage sie einfach. Den Neugierigen gehört die Welt!«

Stella schob ihren Stuhl zurück, konnte aber nicht aufstehen, weil der Ringrichter zu ihrem Tisch getänzelt war und sich vor ihr verbeugte.

»Einen herausragend guten Abend, schöne Frau. Sie geben diesem hässlichen alten Mann da die Ehre Ihrer Tischgesellschaft? Wollen Sie nicht lieber zu uns Jungen und Schönen an den Tisch kommen?«

Er verteilte sein Goldzahnlächeln gleichmäßig auf Stella und Axel.

»Kollege«, sagte Axel jovial, »du bist stehend genau so groß wie die sitzende Stella. Geh zurück an deinen Kindertisch und löffle weiter im Schokopudding. Wir Erwachsenen wollen uns unterhalten.«

Der kleine Mann schob mit ausgestreckten Armen seine offenen Handflächen über ihnen gegeneinander, eine offizielle Ringrichter-Geste, die den Kampfbeginn signalisiert.

»Dann redet mal weiter, ihr Täubchen. Gehe ich eben zu den Schwaben.«

Damit zog er weiter zum Motorrad-Team. Die Gruppe hatte sich an ihrem langen Tisch in mehrere Abschnitte aufgeteilt. Manche erledigten anscheinend Hausaufgaben, gaben Daten in Tabellen ein und machten Notizen. Die übrigen diskutierten erstaunlich leise die Eindrücke des Test-Tages, der wohl trotz des Fahrvergnügens ein anstrengen-

der Arbeitstag gewesen war. Björn, der Team-Fotograf, hing über seinem Laptop und fummelte mit Peripheriegeräten und USB-Kabeln herum.

»Na, Kollege, was macht die digitale Filmkunst?«, hielt der redelustige Ringrichter dem Fotografen als Gesprächsköder hin.

»Die heizt zur Zeit dem Prozessor richtig ein. Dreihundertsechzig Minuten Filmmaterial in HD-Auflösung suchen sich gerade eine freie Stelle auf der Festplatte. Dauert noch ein Weilchen, bis alle Daten übertragen sind.«

»Hast du die Aufnahmen mit deinem fliegenden Kameraauge gemacht, diesem Mini-Hubschrauber?«

»Yes, Sir. Der Blick auf das Team und die Motorräder in Aktion ist von oben einfach unschlagbar.«

»So einen Blick von oben könnte man auch bei Boxkämpfen gut gebrauchen. Ein Ringrichter sieht ja im wörtlichen Sinne immer nur eine Seite des Kampfes. Bei Kampf Ali gegen Forman, zum Beispiel ...«

Der Ringrichter hatte ein Gesprächsopfer gefunden und würde so schnell nicht wieder von ihm ablassen. Axel musste sich aber wieder auf seinen eigenen Tisch konzentrieren, denn vor ihm stand ein Kellner mit einem Teller.

»Herr Schröder«, sagte der Mann, »ein Gruß aus der Küche.«

Er stellte den großen Silberteller vor Axel ab. Undefinierbare kleine Dinge lagen da friedlich nebeneinander, rosa, grau und gelb, mit ein paar einsamen Chicorée-Blättern als Deko am Tellerrand. Axel blickte fragend hoch. Der Mann sah seinen Blick, zuckte aber bloß mit den Schultern und ging wieder.

»Er scheint selbst nicht zu wissen, was das hier sein

könnte. Was ist mir dir, bekommst du nichts? Weshalb grüßt dich niemand aus der Küche?«

Stella winkte ab.

»Ich kümmere mich nur darum, dass deine Erinnerung an gestern Abend zurückkehrt. Hörst du die beiden kreuzworträtsellösenden Rentner da drüben?«

Axel lehnte sich zurück, froh, die Vorspeise ignorieren zu können. Genau wie gestern hatten die beiden eisgrauen Herren am Tisch zwischen ihren Gerichten Rätselhefte liegen, altmodische Lesebrillen kurz vor den Nasenspitzen klemmen und Kugelschreiber mit Werbeaufdrucken in den Händen. Sie ließen ihr Essen anscheinend kalt werden und befragten sich gegenseitig bei Rätselfragen, die sie nicht beantworten konnten.

»Verwandtschaftsverhältnis. Sechs Buchstaben, dritter ein M, letzter ein Ypsilon.«

»Ypsilon am Ende kann nicht sein.«

»Wieso, hast du eben selbst gesagt, Charaktereigenschaft, sexy. Passt auch rein.«

»Ja, dann stimmt das auch. Was fehlt noch?«

»Kollegenverschwinden. Mit vier Buchstaben, erster ein P.*«*

»Kollegenverschwinden, warte mal. Das ist …«

Axel stutzte. Machten die beiden einen Spaß auf seine Kosten oder was war hier los? Auf Paul *als Lösungswort war er mittlerweile auch gekommen. Sehr witzig von den beiden Alten. Er ließ sich ablenken, weil direkt hinter ihm geflüstert wurde, und nichts zieht die Aufmerksamkeit in einem Raum so auf sich wie Flüstern.*

»Vielleicht eine BMW, das geht immer gut. Mal sehen, was im Angebot ist.«

»Ja, sieh mal zu. Beim nächsten Mal fahren wir beide mit Christel. Das macht zehnmal mehr Sinn.«

In diesem Augenblick rollte von der Seite der Kellner mit einem Servierwagen heran. Auf einer großen Platte ruhte ein Gebilde, möglicherweise aus Hackfleisch, vielleicht aber auch aus erdfremden, anorganischen Bestandteilen. Als der Wagen näher rollte, erkannte Axel den Buchstaben P, *handbreit hoch, mit Petersilie bestreut, auf der Platte. Der Kellner sah ihn erwartungsvoll an.*

»Was soll das?«, entfuhr es Axel. »Das ist nicht witzig! Mir ist klar, Paul ist verschwunden und ich soll mich erinnern warum, aber gottverdammt, doch nicht so ...«

»Nun«, entgegnete der Mann seelenruhig, »vielleicht geht Ihnen bei diesem flambierten Braten ein Licht auf.«

Mit diesen Worten ergriff er ein Feuerzeug, ließ die Flamme hochspringen und näherte sie der Platte. Mit einem lauten Wump *geriet der Alkohol in Brand, explodierte mit einer heftigen Stichflamme und leckte an der goldfarbenen Deckenverkleidung. Axel sprang auf. Die Flamme wuchs immer höher, breitete sich an der Decke aus und verteilte sich im ganzen Raum. Axel riss Stella von ihrem Stuhl hoch.*

»Raus hier, sofort!«, schrie er und zerrte sie weg vom Tisch. Aus allen Richtungen kamen jetzt Entsetzensschreie, Stühle fielen um, als Menschen aufsprangen und zu fliehen versuchten. Die Flammen begannen, an den Wänden herabzulaufen. Axel wandte sich um, Stella fest im Griff. Der Ringrichter rannte von der Seite in ihn hinein, blindlings Richtung Ausgang unterwegs. Der Bodycheck traf Axel in die Rippen, nahm ihm die Luft und zwang ihn auf die Knie. Er ließ Stella los, japste nach Luft, während sich immer mehr

Menschen an ihm vorbeidrängten. Blaue Flammen hatten den Teppichboden entlang der Wände erreicht, tanzten dort nervös auf der Stelle. Axel richtete sich mühsam auf, schwankte zum Ausgang, vor dem sich alle anderen bereits drängten, eine lebende, undurchdringbare Mauer. Stella war verschwunden. Alle schrien gleichzeitig und auch wenn Axel kein Wort verstand wurde ihm klar, die Ausgangstür war verschlossen. Die Flammen begannen, den Teppichboden aufzufressen, wanderten mit zuckenden Bewegungen von den Wänden in Richtung Raummitte. Axel bestand nur noch aus Panik, die Angst saugte alles andere aus ihm heraus. Er drängte sich gegen die Rücken der Menschen vor ihm und stieß einen Schrei aus, unhörbar im Inferno.

»Axel.«

Eine leise Stimme dicht an seinem Ohr. Gelassen, ruhig.

»Axel, konzentriere dich.«

Das war Pauls Stimme! Er wollte sich zu ihm umdrehen, stand aber nur da, die Hände auf dem Rücken seines Vordermannes.

»In diese Richtung kommst du nicht weiter. Du musst umkehren. Der Weg hinaus führt in die andere Richtung.«

Axel hörte die Worte. Tief in sich drin verstand er auch ihre Bedeutung, aber in ihm war nichts mehr, was reagieren konnte.

»Axel. Entscheide dich. Jetzt!«

Pauls Stimme war für einen Augenblick lauter geworden. Axel wusste, von nun an würde er schweigen.

»Die andere Richtung.«

Axel schmerzte die Anstrengung, diese Worte zu denken. Der Sog der Gruppenpanik und die Angst hatten zu viel Macht über ihn.

»Umkehren.«

Ein wilder Kampf in seinem Kopf, Instinkte gegen Bewusstsein. Er ließ seine Hände vom Rücken des Vordermannes heruntergleiten. Er konnte seine Beine bewegen, machte einen kleinen Schritt zurück. Sein Herz schlug mit der Kraft einer riesigen Trommel. Sobald er sich umgedreht hatte, war alles einfacher. Ein Schritt, dann der nächste. Er ging auf die Flammen zu, die zur Wand hin dichter wurden. Hinter ihm verloren die Laute der anderen jede Ähnlichkeit mit menschlichen Stimmen. Axel ging auf die Flammen zu und durch sie hindurch, drückte eine Tür auf und trat hinaus in die Dunkelheit …

8.

Als er erwachte war es draußen bereits dunkel. Er hatte keine Ahnung, wie lange er geschlafen hatte. Sein Magen signalisierte deutlich, es war Zeit aufzustehen und in den Speisesaal zu ziehen. Er ließ die Beine über die Bettkante hängen und richtete sich ächzend auf.

Der Traum! Axel erinnerte sich an ihn, gleichzeitig löste er sich auf, verflog wie Rauch. Was bitte schön sollte das bedeuten? Ein flambierter Hackbraten, der einen Speisesaal in Flammen aufgehen lässt ... Pauls Stimme an seinem Ohr. War das Gedankenübertragung, sendete Paul ihm Botschaften, weil sein Handy kaputt war? Axel grinste. Totaler Quatsch. Er starrte in die Dunkelheit. Oder doch nicht? Erstmal wach werden. Er schlurfte ins Badezimmer, kaltes Wasser ins Gesicht. Eben noch ein Schneefeld gewesen, ja klar. Simpson-Shirt, Trainingshose, Flip-Flops. War das jetzt noch der Traum oder schon wieder die Wirklichkeit? Auf der Treppe bemühte er sich, möglichst leise zu flipfloppen. Er guckte suchend, aber keine Stella, die auf ihn wartete. Also war er ganz eindeutig zurück in der Wirklichkeit. Ging zum Speisesaal und war froh, nicht beachtet zu werden. Suchte sich einen Tisch in der Ecke und sah sich um. Die Hotelgäste aus seinem Traum saßen zwar in einer anderen Sitzordnung im Raum, waren aber alle vollzählig versammelt, zusammen mit neuen Gästen, die im Laufe des Tages eingetroffen waren. Statt des feuerspendenden Traumkellners kam Stella an seinen Tisch.

»Ciao, Axel. Du siehst schon viel besser aus. Was möchtest du trinken?«

»Habt ihr Prosecco?«

Er konnte es nicht lassen.

»Natürlich. Möchtest du einen di Valdobbiadene?«

»Auf gar keinen Fall! Ich nehme eine Tasse schwarzen Kaffee, bitte.«

Stella lachte.

»Na, da will wohl jemand einen klaren Kopf behalten. Hast du schon in die Speisekarte geschaut?«

»Nein, noch nicht. Ich nehme an, du setzt dich nicht zu mir zum Essen?«

Ihr Mund kräuselte sich leicht. War sie genervt oder amüsiert?

»Geht leider nicht, Axel. Ich habe Dienst bis einundzwanzig Uhr. Danach bin ich ein freier Mensch.«

Sprach sie und zog ab. Was wollte sie ihm damit sagen? Axel blätterte in der Speisekarte. Kein einziges Gericht wurde als flambiert angekündigt. Schon mal gut so. Als der Kaffee kam, bestellte er Polenta mit Käse und einen Salat. Axel checkte zum wiederholten Mal sein Xperia, aber er hatte keine neue Nachricht. Was Paul wohl essen würde, wo immer er gerade war? Mit der Dunkelheit war eigentlich entschieden, er würde heute nicht mehr zurückkommen. Paul blieb verschwunden.

Axel ließ seinen Blick über die Abendgesellschaft schweifen. Die Hamburger Motorradfahrer hatten ihren Spaß, benahmen sich aber deutlich gesitteter als in seinem Traum. Das konnte auch daran liegen, dass sie gerade mit ihrem Abendessen beschäftigt waren. Die Rothaarige und ihr Sohn unterhielten sich und die Rentner hatten die Lesebrillen neben sich gelegt.

Alles in allem war der Wachzustand deutlich freundlicher als sein Traum.

Der Team-Fotograf am *Motorrad*-Tisch klappte gerade sein Laptop auf. Axel starrte stirnrunzelnd zu ihm hinüber. Die Synchronizität mit seinem Traum war beunruhigend, obwohl er dem Mann dabei bereits gestern Abend zugesehen hatte und der sehr wahrscheinlich jeden Abend im Hotel die Tagesarbeit auf dem Rechner überprüfte. Wie viele Fotos der wohl im Laufe eines Tages schoss? Und wie viele Meter Film, obwohl, das war ja Quatsch, heutzutage … Axel stand wie in Trance auf und ging hinüber zu dem Tisch.

»Hallo Björn, Mahlzeit.«

Der Fotograf war ein junger Mann mit schwarzer Brille und der Art von Gesichtsbehaarung, die Axel von früher als *Oberstudienratsbärtchen* kannte. Dabei sahen Oberstudienräte mittlerweile garantiert anders aus. Der Mann schielte über seine Brille zu ihm auf.

»Ja hallo, der Herr Kommissar. Schöne Tour gehabt? Und der Kollege ist erschöpft direkt zu Bett gegangen?«

Axel war erstaunt, wem er gestern Abend alles von seinem Beruf erzählt haben musste. Andererseits half ihm dies garantiert bei seinem Anliegen.

»Mein Kollege ist seit heute Vormittag verschwunden. Er war hinter mir, ist wohl rechts ran und dann zurück zum Hotel gefahren. Er hat sich seitdem nicht mehr gemeldet. Du warst zu der Zeit möglicherweise noch hier und hast die Drohne fliegen lassen. Hast du ihn gesehen?«

»Rote GS 1200, nicht wahr?«

Axels Herz hüpfte.

»Ja, genau.«

»Nee, habe ich leider nicht gesehen. Ich habe die meiste Zeit nur in die Luft geguckt. Ist keine banale Sache, eine Drohne zu fliegen.«

»Oh.«

Axels Reaktion war nicht besonders ausgefuchst, aber das lag daran, dass er in Gedanken bereits an seinem eigentlichen Anliegen herumformulierte.

»Ich weiß, du hast heute etliche Megabytes Filmaufnahmen zusammenbekommen.«

Björn lachte.

»Wenn du Gigabytes nimmst, wird die Zahl erheblich kleiner. Die Kamera nimmt in High Definition auf, das macht bei ...«

»Dreihundertsechzig Minuten«, unterbrach Axel.

»Äh, ja genau, also bei dreihundertsechzig Minuten Aufnahme sind das ... Woher weißt du, wie lange ich heute gefilmt habe?«

Axels Kopfhaut juckte plötzlich.

»Egal. Was ich eigentlich wissen möchte: Kann es sein, dass du meinen Kollegen Paul heute bei seiner Rückkehr gefilmt hast, ohne es zu merken? Die Drohne flog hoch über dem Haus, als wir losfuhren.«

»Tja, also, ich habe eine ganze Weile geübt und dabei atmosphärische Aufnahmen vom Hotel und der Gegend gemacht, als Material für ein Intro. Das Haus war die meiste Zeit im Bild, nehme ich an. Aber ob der Kollege da zu sehen ist … Du machst dir echt Sorgen um deinen Paul, was?«

Axel nickte schwer.

»Paul ist Polizist, wie du weißt, Motorrad-Polizist. Er ist extrem zuverlässig und besonnen. Niemals würde er ohne triftigen Grund wegfahren, ohne sich abzumelden. Und er würde bei erster Gelegenheit anrufen. Stattdessen postet er so was hier.«

Axel hielt ihm eins von Pauls Wüstenfotos hin.

»Kunst, würde ich sagen«, bemerkte Björn und lächelte matt. »Diese Handyfotografiererei ist eine Plage. Auch wenn die Bilder meist schärfer sind als das hier. Also, ich verstehe schon, was du von mir willst. Ich soll mir knapp eine Stunde Filmaufnahmen ansehen und darauf achten, ob eine rote BMW im Bild ist, richtig?«

»Das wäre toll, Björn. Würde die laufenden Ermittlungen erheblich voranbringen, sage ich mal.«

»Laufende Ermittlungen, ist das dein Ernst? Ist hier wirklich von einem Verbrechen die Rede?«

Bei dem Wort *Verbrechen* drehten sich die ersten Köpfe am Tisch zu ihnen um.

»Paul ist verschwunden. So viel weiß ich mit Sicherheit.«

»Okay.«

Björn starrte auf den Bildschirm des Laptops.

»Das geht nicht so schnell. Die SD-Karte wird noch überspielt, das dauert. Danach kann ich die Aufnahmen von heute früh mit mehrfacher Geschwindigkeit ansehen, das dauert auch. Zwischendurch muss ich etwas essen, sonst werde ich ohnmächtig. Also gedulde dich. Ich melde mich bei dir, sobald ich etwas gefunden habe.«

»Danke, Mann. Das nenne ich Kundenpflege. Paul und ich haben das *Motorrad* abonniert.«

Björn winkte lachend ab. Jemand tippte Axel auf die Schulter. Stella stand hinter ihm, einen Teller in der Hand.

»Einmal Polenta mit Käse, der Herr. Möchtest du lieber im Stehen essen?«

Axel ging zu seinem Tisch. Die Polenta duftete herrlich. Er hatte seit dem Frühstück nichts mehr gegessen und war in der Zwischenzeit auf einen hohen Berg gestiegen. Heute durfte er endlich guten Gewissens den Energiebedarf eines Industriearbeiters zu sich nehmen. Die Polenta verlangte eigentlich nach der Gesellschaft eines trockenen Weißweins, aber ihm war heute nicht nach Alkohol. Erstens hatte er gestern ausreichend zugeschlagen. Und zweitens wollte er für alle Fälle fahrtüchtig bleiben.

»Ich nehme noch einen Kaffee, bitte. Damit ich bis einundzwanzig Uhr wache bleibe.«

Er lächelte, wie er hoffte, auf eine charmante Art. Stella lächelte hundertprozentig charmant zurück.

»Das will ich hoffen«, sagte sie und verschwand wieder in die Küche.

Die Polenta kam genau richtig, fiel in ein großes Loch und löste Wohlbefinden aus. Zusammen mit dem Salat baute sie seine Lebenskräfte wieder auf. Stella brachte den zweiten Kaffee, er lehnte sich zufrieden zurück und ließ den Blick durch den Raum schweifen. Auch der Stricker nebst Sohn hatte sein Essen beendet, sein Strickzeug hervorgeholt und ließ die Nadeln klackern. Zwischendurch nippte er zufrieden an seinem Rotwein und prostete ihm damit zu. Axel erhob seine Kaffeetasse und erwiderte den Gruß. Der Stricker machte eine einladende Geste zu einem freien Stuhl an ihrem Tisch. Axel nickte, balancierte seine volle Tasse durch den Raum und setzte sich zu den beiden.

»Na, Herr Wachtmeister, heute allein am Tisch? Ich hoffe, der Kollege ist mit seiner GS 1200 nicht irgendwo unterwegs liegengeblieben und verbringt die Nacht mit dem ADAC.«

»Nein, der BMW geht es gut. Vermute ich jedenfalls. Mein Kollege Paul ist seit heute Vormittag verschwunden.«

Der Mann und sein Sohn runzelten die Stirn.

»Wie, verschwunden?«, fragte der Sohn. Er mochte gerade alt genug für den Führerschein sein, auch wenn er sich einen wuchernden Backenbart wie der englische Motorradrennfahrer Guy Martin stehen ließ.

»Na ja, er war hinter mir. Und dann irgendwann nicht mehr. Er ist umgekehrt und zum Hotel zurückgefahren. Aber weder er noch die BMW sind hier. Ich habe ihn entlang unserer Tagesroute gesucht, ohne ihn zu finden.«

»Krass«, sagte der Junge.

Der Vater ließ sein Strickzeug sinken und sah Axel fragend an.

»Nein, ich habe keine Idee, was mit Paul los ist«, entgegnete Axel. »Und ja, ich bin beunruhigt. Das Verhalten ist absolut untypisch. Es gibt keine harmlose Erklärung, fürchte ich.«

»Hast du ihn angerufen?«, fragten Vater und Sohn im Chor. Das schien sie nicht zu überraschen, kam anscheinend häufiger vor.

»Natürlich. Er geht nicht dran. Postet nur merkwürdige Fotos auf Facebook.«

Axel war mittlerweile schon geübt darin, Pauls Fotos aufzurufen und zu präsentieren. Vater und Sohn beugten sich vor, um das Bild betrachten zu können.

»Drogeneinfluss«, sagte Sohnemann trocken.

»Rede keinen Quatsch. Bei dir vielleicht, aber der Mann ist Polizist«, fuhr im der Vater in die Parade.

»Wieso kennen eigentlich alle hier im Raum meinen Beruf?«, fragte Axel über den Tisch. »Ich kann mich nicht erinnern, gestern Abend eine Rede über meine schönsten Verhaftungen gehalten zu haben.«

»Du warst gestern etwas laut, zumindest gegen Ende des Abends. Einmal Bulle, immer Bulle, hast du deinem Freund vorgeworfen. Und er solle mal auf Ferienmodus umschalten, so wie du.«

Der Stricker grinste.

»Eine unterhaltsame Show, der ganze Tanzsaal hier hat zugehört. Anschließend war jedenfalls klar, ihr beide seid Polizisten.«

Verfluchter Grappa, dachte Axel. Er konnte sich an nichts erinnern.

»War das ein Streit? Paul hat am Morgen nichts dazu gesagt und war auch sonst nicht angepisst. Jedenfalls habe ich das nicht mitbekommen.«

»Nein, nein, ihr wart beide lustig und laut. Das war kein Streit, wegen dem ich am nächsten Vormittag plötzlich nach Hause fahren würde«, beruhigte ihn der Stricker. Er nahm die Nadeln wieder zur Hand und legte den Wollfaden zurecht.

»Einen strickenden Mann sieht man nicht oft«, sagte

Axel geistesabwesend. Parallel lief in seinem Hirn ein Suchauftrag nach dem Anlass für einen Wortwechsel mit Paul. Anscheinend war der Arbeitsspeicher seines Gedächtnisses aber ausgelastet. An einem Computer hätte Axel jetzt auf eine Eieruhr gestarrt, als Symbol für *Wegen Überfüllung geschlossen.*

»Wir werden immer mehr«, antwortete der Stricker ungerührt. »Entspannt ungemein. Stricken lässt erwiesenermaßen neue Neuronenverbindungen wachsen. Damit ertrage ich sogar RTL II. Und das will einiges heißen.«

»Strickst du auch?«, fragte Axel den Guy-Martin-Lookalike neben sich.

»Ich gucke kein RTL II«, erwiderte der trocken. »Nein, fürs Stricken bin ich noch zu jung. Obwohl ich tagsüber während einer gemeinsamen Tour Beruhigung gebrauchen könnte. Mit meinen dreiunddreißig PS bin ich immer noch so viel schneller als Vatern hier, dass ich beim Warten ganze Decken stricken könnte.«

»Es will halt nicht jeder mit Drift um die Ecken, so wie du. Ich bin zum Genussfahren hier. Mit deiner Ninja 250 passt du ganz gut zu meiner F 800, finde ich. In zwei Jahren, mit einem stärkeren Motorrad, musst du mir morgens eine halbe Stunde Vorsprung geben. Das klappt dann prima, weil du sowieso nicht aus dem Bett kommst.«

Beide lachten. Sie schienen ein gutes Team zu sein und das versetzte Axel einen Stich. Wo war Paul, himmelherrgottnochmal? Er konnte ihn sich nicht entspannt bei einem Glas Wein an einem Restauranttisch vorstellen, eher hilflos in einem Straßengraben. Was hatte Paul vor vierundzwanzig Stunden in diesem Raum gehört, das ihn heute früh zum Umdrehen zwang?

Axel blickte sich um. Die Stimmung im Saal verschob sich allmählich immer mehr Richtung Party. Frohe Gesichter, aufgeheizt von einem Ferientag voller Spaß und Abenteuer, leuchteten um ihn herum. Alles keine Mitmenschen, die einen Polizisten mit einer Bemerkung hellhörig machen konnten. Und doch musste einer von ihnen einen Satz mit einem Zeitzünder versehen haben, der bei Paul irgendwann hochging. Axel wünschte sich nichts sehnlicher als eine ähnliche Explosion in seinem Kopf.

»Diese Hottentotten sind ein Brechmittel. Man sollte die gesamten Alpen für Motorradfahrer sperren, wenn du mich fragst.«

Der Satz war gerade noch hörbar, so leise wurde er gesprochen. Axel drehte den Kopf, bis er die beiden Rentner im Blick hatte, von deren Tisch die Bemerkung gekommen sein musste. Sie hatten ihre Rätselhefte beiseite gelegt und saßen mit vor der Brust verschränkten Armen vor halbvollen Gläsern. Das Bier darin sah schal aus. Die beiden Spaßbremsen erinnerten ihn an Waldorf und Statler aus der Muppet Show. Hatten sie das Potential zum Polizistenerschrecker?

»Was machen diese beiden Griesgrame eigentlich tagsüber, wenn sie nicht gerade hier sitzen und herumstänkern? Die sehen nicht aus, als würden sie auf Gipfel stürmen«, fragte Axel seine Tischnachbarn.

»Ich habe sie mit einem fetten Benz vorfahren sehen. Die klappern alle Aussichtspunkte mit einer Straße als Zufahrt ab und lösen ansonsten Kreuzworträtsel.« Der Junior verdrehte die Augen, als er das sagte.

»Und wo sind die Ehefrauen? Normalerweise sind die doch immer dabei und achten auf regelmäßige Einnahme von Sahnetorten.«

»Die wurden offensichtlich zu Hause gelassen. Die Jungens machen eine wilde Sause durch die Alpen, ganz ohne Frauen. Wahrscheinlich beste Freunde ...«

Axel drehte sich noch einmal zu den beiden Kreuzworträtsel-Rittern um. Ob er und Paul in ein paar Jahren ähnlich schlecht gelaunt im Evaldo sitzen und sich an alte Zeiten erinnern würden? »Weißt du noch, wie du damals einen ganzen Tag nicht wieder aufgetaucht bist, weil du ...« Ja, weswegen war Paul nicht wieder aufgetaucht? Welche Erklärung bot ein Happy End?

»Kommissar? Ich bin soweit.«

Björn stand neben ihm und zeigte auf seinen Tisch, wo das Laptop aufgeklappt wartete. Axel verabschiedete sich mit einem Victory-Zeichen von Vater und Sohn. Er folgte Björn ans Eck des Tisches, ein wenig abgeschirmt vom Rest der *Motorrad*-Truppe. Die guckten zwar neugierig, hatten aber anscheinend mitbekommen, um was es ging und ließen Björn und Axel in Ruhe.

»Ich hatte schon befürchtet, die Rückkehr der roten BMW nicht aufgenommen zu haben, aber hier kommt sie.«

Björn tippte auf die Tastatur und auf dem bildschirmfüllenden Fenster des Laptops sah man das Evaldo von weit oben, den Bach, Ausläufer von Arabba und sogar den Aufstieg zum Hausberg, auf dem sich Axel am Nachmittag abgequält hatte. Auf der Straße fuhren Miniatur-Autos und kleine Motorrad-Modelle, dank der hohen Auflösung und Schärfe der Aufnahme aber gut zu erkennen. Ein roter Fleck kam aus dem Ort in Richtung Hotel, schnell als rotes Motorrad und dann auch als BMW zu erkennen. Der Fahrer trug einen roten Helm und eine Kombi wie Paul, wurde vor der Hoteleinfahrt langsamer und bog auf den Parkplatz ein.

Die Testmotorräder des *Motorrad*-Teams standen noch fein säuberlich aufgereiht vor dem Hotel, aber die meisten Autotouristen waren schon unterwegs, so dass einige Parkplätze frei waren. Trotzdem fuhr das Motorrad zielstrebig um das Haus herum. Die Drohne ging tiefer, der Bildausschnitt konzentrierte sich stärker auf die Testmotorräder, das eigentliche Ziel der Filmaufnahme. Dabei kam auch die BMW immer größer ins Bild. Paul hatte im Schritttempo den hinteren Parkplatz erreicht, jetzt bremste er und stellte einen Fuß auf den Boden. Man sah, wie er das Visier aufklappte und über den Hof auf die dort parkenden Autos blickte. Dann legte er den Kopf in den Nacken und blickte hoch zur Drohne.

»Das ist Paul«, sagte Axel. »Selbst von hier oben kann ich ihn einwandfrei identifizieren.«

Die Drohne ging langsam immer tief, bis Paul aus dem Bildausschnitt verschwand. In aller Pracht blinkten die frisch geputzten Testmotorräder in der Sonne vor dem Evaldo. Die ersten Testfahrer kamen aus dem Hotel und gingen zu den Maschinen, die sie heute fahren würden.

»Nice«, sagte Björn und er hatte Recht, das war eine super Szene mit viel Atmosphäre, für einen Film über den großen Alpen-Test von *Motorrad* bestens geeignet. Der vordere Teil des Parkplatzes und die Auffahrt zur Straße blieben komplett im Blick der Kamera.

»Ab jetzt wird es spannend«, fuhr Björn fort. »Man kommt nur über die Zufahrt vom Hotel auf die Straße, es gibt keine andere Möglichkeit, das Hotelgrundstück zu verlassen.«

Er stoppte den Film und klickte die Aufnahme ein Stück zurück, bis man wieder das ganze Gelände sehen konnte.

»Es sei denn, man nimmt diese kleine Fußgängerbrücke, die hier über den Bach führt.«

Er zeigte auf eine schmale Holzbrücke mit Stufen davor. Auf der anderen Seite des Baches endete sie auf einem Weg.

»Fährt Paul viel Enduro oder Trial? Ohne Übung schafft man es nämlich meiner Meinung nach mit einer GS 1200 nicht diese Stufen hoch, über die Brücke und auf der anderen Seite auf den Hang.«

»Paul hat einmal eine Enduro geliehen und sich prompt übel das Knie verletzt. Der bleibt immer schön auf glattem Asphalt. Außerdem: Zweihundertvierzig Kilogramm. Vergiss es.«

»Ja dann …«, sagte Björn und klickte wieder bis zu der Stelle vor, an der sie eben angekommen waren, »dann geschieht hier ein Wunder.«

Mit einem weiteren Klick ließ er die Aufnahme in mehrfacher Geschwindigkeit abspielen. Die Testfahrer hoppelten lustig abgehackt durch das Bild, Autos düsten auf der Straße vor dem Hotel viel zu schnell vorbei. Axel starrte ein paar Minuten konzentriert auf das Bild, bis seine Augen tränten.

»Auf was soll ich denn achten? Da verändert sich nichts, oder? Ich sehe nichts Wunderbares.«

»Genau das meine ich. Kein Motorrad fährt durchs Bild. Und trotzdem, jetzt, in Echtzeit zehn Minuten später …«

Er zeigte auf den Bildschirm, auf dem die Drohne allmählich wieder höher stieg. Der Bildausschnitt vergrößerte sich, der Parkplatz hinter dem Haus wurde wieder sichtbar.

»Wo ist die BMW?«

Axels Ausruf ließ das Gespräch am Tisch verstummen. Alle blickten zu ihm, der sich vorbeugte, bis er mit der Stirn fast an das Laptop stieß.

»Wie Sie sehen, sehen Sie nichts«, sagte Björn tonlos. »Die BMW hat den Parkplatz auf unbekannte Art und Weise verlassen.«

»Quatsch. Es gibt keine Zauberei. Die BMW steht irgendwo ganz dicht am Haus, wo die Kamera sie nicht erkennen kann.«

»Nein, tut mir leid. Die Drohne steht nicht direkt über dem Haus, sondern ein Stück nach hinten versetzt. Hier, man sieht die Hausseiten hinten, vom Boden bis auf Fensterhöhe. Solange Paul die BMW nicht durch ein Fenster in die Küche gestemmt hat, müsste man das Motorrad aus diesem Blickwinkel sehen können.«

»Ja, aber …«

Axel stotterte, wusste nicht, was er sagen sollte.

»Ich habe die Aufnahme weiter angesehen, in Echtzeit sieht man das Hotel noch fast eine halbe Stunde lang. Danach ging der Akku der Drohne in die Knie und ich musste sie landen. In dieser Zeit hat keine rote BMW das Grundstück verlassen, soviel steht fest.«

Axel setzte sich auf die Kante der Eckbank neben Björn. Er war erschüttert. Bei der entscheidenden Frage kam er keinen Schritt voran. Im Gegenteil, er hatte ein verdammtes weiteres Geheimnis dazubekommen.

»Hast du eine gute Taschenlampe?«

Björn sah ihn überrascht an, nickte dann.

»Ja klar, ein echtes Profigerät. So was brauche ich immer wieder mal bei Nachtaufnahmen.«

»Leihst du sie mir? Ich muss mir diese Brücke ansehen. Wenn Paul sich da rübergequetscht hat, muss es irgendwelche Spuren geben.«

Er stand auf, um Björn durchzulassen.

Stella kam zu ihm, seine leere Kaffeetasse in der Hand. »Gehst du schon? Sehen wir uns später?«

Axel war tief in Sorge um Paul versunken, aber die Frage zauberte doch ein Lächeln auf sein Gesicht.

»Nein, ich bin nur kurz draußen. Und ja, sehr gerne sehen wir uns später.«

Björn stand in der Tür zur Lobby und beamte ihm einen blendenden Lichtstrahl aus einer unterarmdicken Lampe ins Gesicht. Axel hielt schützend eine Hand vor die Augen und ging zu dem Licht. »Ich komme mit. Vier Augen sehen mehr als zwei«, sagte Björn.

Unter einem silbernen Halbmond auf sternenklarem Himmel umrundeten sie das Haus. Wie immer in den Bergen war es mit dem Sonnenuntergang schnatterkalt geworden, aber die frische Luft tat gut. Die Rückseite des Hauses lag im Dunkeln, das Licht aus den Hotelfenstern reichte nicht weit. Der Bach gurgelte leise in einer Steinrinne, in der er über das Hotelgrundstück geführt wurde. Der Parkplatz war fast leer. Auch die Transporter waren verschwunden, nur der Haufen Spanngurte markierte noch die Stelle, an der sie gestanden hatten. Als Zugang zu der Holzbrücke über den Bach überbrückten fünf halbrunde Steinstufen den knappen Meter zwischen Boden und Brücke. Björn ließ den blendendweißen Lichtstrahl an den Stufenkanten entlanggleiten. Kein Kratzer war zu sehen, keine Erde im Zickzack-Muster eines Reifenprofils lag auf den Stufen. Sie traten auf die knarzende Brücke, unter ihnen der Bach, der aus der Steinrinne viel heller klang als aus der Ferne. Das lackierte Holz der Brücke zeigte keine Spur eines Reifens und auch auf der anderen Seite des Bachs konnten sie im Licht der Taschenlampe nichts entdecken.

Axel seufzte.

»Theoretisch besteht eine Restmöglichkeit, dass Paul fehlerfrei durch diese Trial-Sektion gefahren ist. Ein Trial-Profi schafft das mit geschlossenen Augen. Ich sage das, damit mein rationales Weltbild nicht über den Haufen geworfen wird. Sonst habe ich nämlich nur noch übersinnliche Erklärungen für das Verschwinden der BMW.«

»Kenne ich von der Arbeit«, antwortete Björn. »Als letzte Möglichkeit bleibt oft nur das Unmögliche.«

Sie gingen in Gedanken versunken zusammen zurück. Vor dem Hoteleingang blieb Axel stehen.

»Ich komme gleich nach. Muss Pauls Frau noch auf den neuesten Stand bringen.«

Björn legte ihm mitfühlend eine Hand auf die Schulter.

»Kein leichter Job«, sagte er. »Viel Kraft dabei.«

Axel blickte ziellos über den Parkplatz, während das Xperia die Verbindung herstellte. Wenn doch jetzt bloß ein einzelner Scheinwerfer auftauchen und ein Motorrad auf die Hoteleinfahrt einbiegen würde.

»Axel«, sagte Eva mit klarer Stimme.

»Hallo Evi. Hier wird es immer verwirrender. Es gibt Filmaufnahmen vom Hotel, auf denen sieht man Paul zurückkommen. Als Nächstes ist die BMW verschwunden, ohne vom Grundstück gefahren zu sein.«

»Axel, das kann nicht sein.«

»Das stimmt. Ich habe gerade keine Erklärung für das Verschwinden.«

»Kommt das nicht oft bei Ermittlungen vor? Bis ein neues Indiz Licht ins Dunkel bringt? Jedenfalls ist klar, entweder ist Paul auf einem anderen Weg weitergefahren. Oder er ist noch auf dem Grundstück. Dann sorgt jemand dafür, dass er sich nicht melden kann. Und dieser jemand ist möglicherweise noch im Hotel.«

»Hier sind jede Menge Leute, Eva. Meist Motorradfahrer oder andere nette Mitmenschen. Ich kann mir nicht vorstellen, was die mit Pauls Verschwinden zu tun haben sollen.«

»Wie gesagt, ist das nicht bei Ermittlungen eher die Regel als die Ausnahme? Bitte guck dir die Leute noch mal genau an. Wer von ihnen könnte wissen, wo Paul ist?«

Eigentlich fragte er sich genau das die ganze Zeit, selbst in seinen Träumen. Aber natürlich war das nicht die richtige Antwort für Pauls Frau.

»Das mache ich, Evi. Und ich melde mich morgen wieder bei dir.«

Axel blickte noch einmal zum Silbermond hoch und zog fröstelnd die Arme an sich. Wo immer Paul auch sein mochte, er hoffte, es war dort wärmer als draußen auf einem Feld oder im Wald.

Evas Aufforderung hallte wider Erwarten in seinem Kopf nach, als er in den Saal zurückkehrte. Er setzte sich auf seinen alten Platz und suchte nach dem verstohlenen Blick eines Anwesenden, der wusste, dass Axel nach ihm suchte. Das Team von *Motorrad* bildete eine geschlossene Einheit, Schulter an Schulter, alle in eine Diskussion verwickelt. Der strickende Biker nickte ihm zu, freundlich und mitfühlend. Die Frau versuchte, ihren Sohn auf den Weg ins Bett zu bringen, schielte dabei ab und zu auf ihr Smartphone, ignorierte den Rest der Welt konsequent. Am Ringrichter sah er vorbei, weil ein Augenkontakt ihn sofort an Axels Tisch gezaubert hätte.

Da war keiner, der besonders auffiel oder ihn beobachtete. Stella kam zu seinem Tisch, wie immer lächelnd.

»So, letzte Runde von mir für heute Abend. Gleich habe ich Feierabend, dann musst du dir deinen Kaffee bei meinem Kollegen bestellen.«

»Aber ich gehe davon aus, den Kaffee mit dir zusammen zu trinken. Oder was immer du trinken möchtest. Wo gehen wir hin?«

»Lass uns in Peter's Bar gehen. Ist nicht weit weg und da ist garantiert noch etwas los. Man kennt mich dort, wir kriegen bestimmt einen Platz.«

»Okay. Kann ich da hin mit meinen Flip-Flops oder muss ich mich schick machen?«

Sie sah runter auf seine neongrüne Fußbekleidung.

»Wenn es dir in den Dingern nicht zu kalt wird, gehen die in Ordnung. Also, ich hole dich ab, wenn ich die Kasse gemacht habe.«

Er sah ihr nach, als sie davonging. Sie ging, als wüsste sie, dass er ihr nachsah.

Zehn Minuten später lachte der Mann hinter dem Tresen, aber Axel blieb bei Kaffee. Stella bestellte einen Gin Tonic, durchaus das richtige Getränk als Absacker in einer angesagten Bar nach der Arbeit. Das Lokal war voll bis auf den letzten Tisch, die Touristen draußen unter der Markise, die Einheimischen drinnen an der Bar. Axel war froh, zusammen mit Stella drinnen zu sitzen, für die frostigen zwölf Grad draußen war er wirklich nicht richtig gekleidet.

»Gibt es etwas Neues von Paul?«, fragte Stella, nachdem Gin Tonic und Kaffee vor ihnen standen und der Mann hinter dem Tresen sich zurückgezogen hatte.

Axel schüttelte den Kopf.

»Nicht wirklich, eigentlich ist alles unklarer geworden. Du hast mitbekommen, wir checkten die Filmaufnahmen der Drohne. Man sieht ihn zurückkommen, aber nicht wieder wegfahren. Wenn er nicht gerade mit dem Motorrad über die Brücke balanciert ist, hat sich die Maschine mit ihm in Luft aufgelöst.«

»Vor ein paar Jahren sind zwei Motorradfahrer über die Brücke zum Hotel gekommen. Die waren aber mit Geländemotorrädern unterwegs. Und haben echt Ärger mit Anton bekommen, so heißt Herr Huber mit Vornamen. Das machen die nie wieder.«

»Uups. Der nette Herr Huber kann so resolut sein?«

»Allerdings. Wehe, wenn er richtig in Fahrt kommt. Das ist ein wilder Bursche.«

Stella lachte und zerstreute damit seinen Gedanken wieder, Huber als möglichen Verdächtigen ins Auge zu fassen. Huber gehörte schließlich zur Familie.

»Ist bestimmt eine blöde Frage, aber könnte Pauls BMW irgendwo im Haus versteckt sein?«

»Allerdings eine merkwürdige Frage. Wo denn bitte, im Kühlraum oder im Weinkeller? Die hätte ich gesehen. Außerdem, wer sollte sie dorthin bugsiert haben?«

Axel zuckte mit den Schultern.

»Ich habe ja gesagt, eigentlich ist alles noch verwirrender geworden. Irgendeine logische Erklärung muss es doch geben.«

»Und was machst du jetzt? Hast du einen Plan?«

»Keinen Plan, keine Ahnung. Abwarten, ob Paul sich meldet. Morgen Luigi nerven, damit er die Sache ernst nimmt.«

Stella schob ihren Arm über den Tisch und legte ihre Hand auf seine gefalteten Hände. Er blickte auf die fünfzehn Finger vor sich. Seine Fingerspitzen waren weiß, so stark hatte er vor Anspannung die Hände gerungen. Axel atmete einen unendlich tiefen Atemzug lang aus.

»So ist das richtig. Entspann dich, Axel. Du tust, was du kannst. Pauls Verschwinden ist nicht deine Schuld.«

»Du hast Recht, meine Schuld ist es nicht. Aber ich könnte platzen wegen des Gefühls, die Erklärung für sein Verschwinden zu kennen. Ich konzentriere mich nur nicht genug, die Erinnerung kommt nicht zurück.«

Ihre Hand blieb, wo sie war und strahlte Wärme aus.

»Erinnerung kannst du nicht herbeizwingen. Manchmal ist es sogar besser, knapp daran vorbeizudenken, damit sie genug Platz hat, um sich zu zeigen. Kennst du Douglas Adams und seine Bücher? Zum Beispiel *Per Anhalter durch die Galaxis*?«

»Habe ich schon mal von gehört. Aber noch nicht gelesen.«

Das war eine Standardantwort, die Axel bei Büchern ziemlich häufig benutzte.

»Dein Leben ist vertan, solange du diese Bücher nicht gelesen hast. Über die Kunst, das Fliegen zu erlernen, sagt er: ›Der Trick besteht darin, dass man lernt, wie man sich auf den Boden schmeißt, aber daneben‹. Genau so geht das mit der Erinnerung.«

»Aha.«

Stella verwirrte ihn. Aber auf eine aufregende Art. Er entknotete seine Hände und legte eine freigewordene Hand auf ihre. Sie legte ihre zweite Hand auf den Stapel. Axel und Stella sahen sich an und lachten.

»Oh je, da kommen wir nie wieder raus«, sagte sie ruhig.

»Macht nichts«, antwortete er.

Sie schwiegen eine Weile. Vor der Bar stimmte eine

Gruppe Österreicher weinselig ein Lied an. Wahrscheinlich ein Song von den Beatles, aber das ließ sich bei dem Gejaule nur schwer sagen.

»Wie romantisch«, sagte Axel.

»Allerdings«, antwortete Stella.

Sie zogen ihre Hände verlegen wieder zurück. Axel wurde ein wenig nervös. Verzweifelt suchte er nach einem Konversationsthema.

»Huber, also Anton, und Luigi sind beide Teil der Familie. Wie sind sie mit dir verwandt?«

Stella sprang auf das Thema an. »Mamma mia, die Familie. Anton ist der … mütterlicherseits.«

Sie verwendete ein italienisches Wort, das Axel nicht kannte.

»Luigi hingegen ist der Schwager der …«

Ein weiterer italienischer Familienbegriff, mit dem Axel nichts anfangen konnte.

»Ach so«, sagte er grinsend. »Und was bedeutet das auf Deutsch?«

Stella legte nachdenklich einen Zeigefinger auf die Nasenspitze.

»Auf Deutsch? Keine Ahnung. Ich glaube, dafür gibt es im Deutschen kein Wort. Eure Familien sind einfach nicht so groß wie die italienischen.«

»Dann sprichst du italienisch? Ich dachte, hier in Südtirol reden alle nur deutsch.«

»Nein, nein, ungefähr ein Viertel spricht italienisch. Hier im Ort reden die meisten beide Sprachen, wegen der Touristen.«

»Ja klar. Apropos, wann beginnt deine nächste Schicht? Wieder morgen Mittag?«

»Nein, um sechs Uhr in der Früh. Ich schlafe heute Nacht im Evaldo. Dort gibt es eine Kammer für solche Fälle.«

»Oha, um sechs Uhr in der Früh. Dann musst du ja quasi gleich wieder aufstehen.«

»Ganz so schlimm ist es nicht. Aber wir sollten zurückgehen. Es gibt noch eine kurze Besprechung mit dem Team von heute Abend als Vorbereitung für morgen.«

Axel winkte den Barmann herbei und zahlte eine lächerlich geringe Summe für ihre Getränke. Axel zierte sich ein wenig, aber der Mann bestand auf dem Preis.

»Familie?«, fragte Axel ihn schließlich und zeigte auf Stella.

»Nein, Kollegin. Und eine schöne Frau.«

»Das stimmt allerdings«, bestätigte Axel und sah Stella dabei in die Augen. Sie boxte ihn mit spitzer Faust in die Rippen.

»Wofür war das?«, fragte Axel, während er sich die Stelle rieb.

»Das Wort dafür habe ich extra mal von einem Touristen gelernt. Du bist ein Sußholzraspler.«

»Du meinst Süßholzraspler.«

»Sußholzraspler. Habe ich doch gesagt.«

»Stimmt.«

Axel legte schützend eine Hand vor seine Rippen.

»Nicht mehr hauen, bitte.«

Lachend zogen beide los. Sie gingen auf der Straßenmitte, Stella in seinem Arm untergehakt. Arabba war mucksmäuschenstill, nur das leise Plätschern des Baches war zu hören. Axel zeigte auf die Silhouette des Hausbergs.

»Dort, ganz oben in der Höhe, auf dem Gipfel, nah bei den Sternen, bin ich heute gewesen.«

Stella kicherte.

»Ja, ja, die Touristen und die Berge. Jetzt warst du auf dieser Erhebung dort und fühlst dich direkt wie ein Alpinist. Du solltest mich morgen beim Bergwandern begleiten. Ich habe um zwölf Uhr Feierabend. Dann spaziere ich auf den Piz Boe. Der einzige Dreitausender der Dolomiten. Die Tour ist nicht schwer, aber zünftig. Wie wär's, Herr Bergsteiger?«

Axel hob abwehrend die Hände.

»Würde ich ja gerne, aber ich hoffe sehr, ich werde morgen damit zu tun haben, Paul aufzutreiben.«

»Natürlich, du hast Recht. Das hoffe ich auch.«

Sie erreichten das Evaldo. Die Lobby war leer und aus der Bar drangen nur noch leise Gespräche nach vorne. Viele Gäste hatten offensichtlich für den nächsten Tag ein volles Programm auf dem Plan, das frühes Aufstehen erforderte. Stella angelte Axels Zimmerschlüssel hinter dem Tresen hervor und überreichte ihn.

»Zimmer neunzehn, nicht wahr? Ich weiß wo du schläfst.«

Sie lächelte wieder ihr Lächeln.

»Ja«, sagte Axel. In seinem Kopf war nur ein weißes Rauschen, eine intelligentere Bemerkung fiel ihm nicht ein. Er spürte, wie seine Ohren rot wurden, so peinlich war er sich selbst. Dann sprach er doch, ohne nachgedacht zu haben.

»Was ist Stella eigentlich für ein Name? Ich meine, bedeutet der etwas Bestimmtes?«

»Stella? Stella ist das italienische Wort für Stern.«

Er nickte. »Ja, logisch. Ich meine, das stimmt. Also, der Name passt ...«

Sie hieb ihm wieder mit der Faust in die Rippen, diesmal aber ganz vorsichtig.

»Gute Nacht, Axel.«

Stella beugte sich vor und er verstand sofort, dass er sie auf die Wangen küssen durfte.

»Gute Nacht, Stella.«

Sie zog ihren Kopf nicht wieder zurück, sondern blieb dicht an ihm stehen.

»Du musst deine Tür nicht abschließen. Das Evaldo ist ein sicheres Hotel.«

Nach diesen Worten küsste sie ihn sanft auf den Mund und verschwand Richtung Küche. Axel stand da wie verzaubert und grinste. Er pfiff vor sich hin auf dem Weg zur Treppe und begann den Aufstieg in den ersten Stock. Sein Zimmer war dunkel, durch das offene Fenster kam kalte Nachtluft hinein. Er setzte sich auf das Bett und checkte sein Smartphone. Kein Anruf, aber Paul hatte ein weiteres Foto aus seiner Wüstenserie gepostet. Axel starrte auf das Bild, bis das Xperia es stromsparend abdunkelte. Er saß in seinem dunklen Zimmer und dachte an Paul. Schließlich raffte er sich auf, machte sich bettfertig und räumte für eine Weile im Zimmer herum. Pauls Helm hatte ein Pfütze auf dem Fensterbrett hinterlassen, innen war er immer noch ziemlich feucht. Axel stopfte Handtücher aus dem Badezimmer in den Helm, bis der voll war und der Handtuchstoff das Visier nach außen drückte. Er knipste das Licht aus. Ging zur Tür und kontrollierte noch einmal, ob sie unverschlossen war. Lag knallwach im Bett, horchte auf Motorgeräusche von der Landstraße. Die GS 1200 würde er aus einiger Entfernung erkennen, da war er sich sicher. Wenn er ein Fahrzeug hörte, war es immer ein Auto, das mit konstanter Geschwindigkeit am Hotel vorbeifuhr. Er versuchte, wie Stella es vorgeschlagen hatte, knapp an den Gesprächsfetzen vom gestrigen Abend vorbeizudenken, aber eine alles erklärende Erinnerung stellte sich nicht ein. Also wechselte er die Strategie, ging in seiner Fantasie systematisch von Tisch zu Tisch und schaute den Menschen dort beim Reden zu. Münder öffneten und schlossen sich ununterbrochen, schwarze Öffnungen in leuchtenden Gesichtern, ein Filmausschnitt ohne Tonspur, denn keine Worte drangen zu ihm. Gequält schüttelte Axel den Kopf, um diese Vision loszuwerden. Alles, nur keinen weiteren Alptraum!

Er wollte auf keinen Fall einschlafen. Zunächst erinnerte er sich an alle Freundinnen, die er im Leben gehabt hatte, als er damit fertig war, an alle Motorräder. Das beschäftigte ihn eine Weile. Als er kurz davor war, aufzustehen und sich an das offene Fenster zu setzen, hörte er ein leises Geräusch von der Tür. Ein Windhauch ging durch den Raum, gefolgt vom Geräusch leiser Schritte. Er streckte seinen Arm zu Stella aus und zog sie zu sich auf das Bett.

9.

Das Geräusch war nicht schrill, aber irgendwie beunruhigend, es nervte, je länger man es anhören musste. Wäre als Klingelton bestens geeignet, weil es Tote wecken könnte. Klingelton! Axel fuhr hoch und tastete nach seinem Smartphone, die verklebten Schlafaugen kaum geöffnet. Er wischte unkontrolliert auf dem Display herum, konnte das Gespräch aber trotzdem annehmen.

»Paul!«, schrie er in das Kunststoffdings an seinem Ohr. »Alter Finne! Wo bist du?«

»Buon giorno, Aaaxäl. Ich bin nicht Paul, ich bin Luigi. Hörst du mich?«

Bis auf die Augen war Axel augenblicklich hellwach.

»Ja, Luigi, ich höre dich laut und deutlich. Hast du Paul gefunden?«

»Nein, leider nicht. Die Genehmigung der Handy-Ortung ist noch nicht eingetroffen. Aber ich habe hier einen anderen interessanten Fall, der möglicherweise etwas mit Pauls Verschwinden zu tun haben könnte. Willst du zu mir kommen und mir bei der Ermittlung helfen? Könnte dir gut tun.«

Axel bemerkte, dass er schon auf dem Weg ins Badezimmer war. Er reagierte wie in Köln, wenn ihn zu Hause ein Anruf aus dem Kommissariat erreichte.

»Natürlich, ich bin in zwanzig Minuten da«, sagte Axel. An einem verkehrsarmen Sonntagmorgen war dies die Zeit, die er von seiner Wohnung bis ins Polizeipräsidium in Köln brauchte. Er sah sich kritisch im Badezimmerspiegel an. Vielleicht war er doch noch nicht ganz wach.

»Ähm, Luigi, wo bist du denn? Wo soll ich hinkommen?«

»Es ist zwar erst acht Uhr, aber ich hoffe, du hast schon Lust auf eine kleine Motorradtour. Ich fahre jetzt nach Cortina. Hast du etwas zu schreiben? Wir treffen uns auf dem Parkplatz vom Albergo Corona, die Straße heißt Localita Val di Sotto. Hast du das?«

Axel sah sich suchend im Badezimmer um, ohne irgendein Schreibgerät zu entdecken. Kurz entschlossen griff er zu seinem Deo-Stift und ließ mit dem Daumen den Deckel wegspringen.

»V-A-L-D-I-S-O-T-T-O «, sagte er laut zu sich selbst und Luigi, während er mit großen Buchstaben auf den Spiegel malte.

»Genau. Das Hotel ist nicht zu übersehen. Du brauchst

eine knappe Stunde bis dahin. Hast du ein Navi am Motorrad?«

»Allerdings. Gib Gas, ich bin vor dir vor Ort.«

Axel legte auf, eine Hand schon an der Zahnbürste. Er war fest entschlossen, in vierzig Minuten vor dem Hotel in Cortina d'Ampezzo zu stehen. Als er zurück in das Zimmer kam, blickte er versonnen auf das Bett mit dem zerwühlten Bettzeug. Stellas Besuch hatte etwas von einem Traum. Sie war in der Dunkelheit zu ihm gekommen und wieder verschwunden, bevor er aufwachte. Er wollte so schnell wie möglich aufbrechen, aber jetzt legte er sich noch einmal in das Bett, rutschte zu der Seite, auf der Stella gelegen hatte und schloss die Augen. Er spürte in den Laken noch die Wärme ihres Körpers. Das war nur Einbildung, funktionierte aber trotzdem.

Kurze Zeit später war Axel auf dem Weg zur Nine T. Im Rausgehen hatte er noch Pauls Helm von den Handtüchern befreit und mitgenommen. Den platzierte er nun in die leere Box auf dem Heck der BMW und ließ sie warmlaufen, während er das Ziel eingab. Nach einem letzten Blick auf die Deo-Schrift auf dem Badezimmerspiegel hatte er sich den Straßennamen tatsächlich merken können.

Bis das Navi genügend Satelliten für die Routenbestimmung am Himmel entdeckte, rollte er schon auf der Straße in die richtige Richtung. Ein Abstecher nach Cortina gehörte ohnehin zu Pauls und seiner Planung, deshalb war ihm eigentlich klar, wo es langging. Luigi hatte Axels Aufgabe am Telefon nicht besonders klar beschrieben, aber das war Axel egal. Hauptsache, er konnte mehr tun als nur abwarten. Axel fragte sich, wie er in einem anderen Land, womöglich auch einer fremden Sprache, bei der Ermittlung helfen sollte. Vielleicht konnten sie guter und böser Bulle zusammen spielen, Axel schweigsam im Hintergrund, mit bösem Blick und verschränkten Armen. Natürlich hatte Axel keine Dienstwaffe dabei, sein Kripo-Ausweis steckte allerdings zusammen mit dem internationalen Führerschein und der Versicherungskarte in der Innentasche seiner Kombi.

Die schmale Nebenstraße blieb im Tal und entsprechend kurvenarm, trotzdem erfreute sich Axel an der prächtigen Landschaft. Der Sommertag war bereits jetzt in Höchstform, das italienische Licht ließ auch die kleinen Orte und Dörfer unterwegs erstrahlen. Mittlerweile war es nach acht Uhr, trotzdem wirkten die Orte noch verschlafen, wenige Autos und Menschen waren auf den Straßen. Er blieb eine Minute aus Neugierde hinter einer antiken Ape, einer dieser Dreirad-Vespas mit Ladefläche, bis ihn die Zweitakt-Abgase zum Husten brachten. Das erste Hinweisschild mit dem italienischen Wort *Passo* tauchte auf, bald kam auch prompt die erste Kehre.

»Lecker!«, rief Axel und stürzte sich in die Schräglage. Die Straße blieb weiter eng und eigentlich einspurig, er musste sich und die Nine T bremsen, um nicht über das Ziel und die Straßenbegrenzung hinauszuschießen. So eine Ape war mit einer gefühlten Spurbreite von achtzig Zentimetern schon das richtige Fahrzeug für diese schmalen Straßen, man musste nur die notwendige italienische Gelassenheit für das gemütliche Fahren damit entwickeln. Axel erinnerte sich allerdings, auf YouTube Videos von Valentino Rossi als Teenager gesehen zu haben, in denen er eine Ape alles andere als gelassen zum Sliden brachte. Wahrscheinlich hatte Rossi den kleinen Fünfzig-Kubik-

Motor der Ape so weit es ging aufgeblasen und die Leistung vermehrfacht. Wie Axel aus eigener Erfahrung wusste, war mehr Leistung aber kein Garant für schnelleres Fahren. Ohne eine entschlossene Gashand, einen sensitiven Popometer und eine tüchtige Überdosis Testosteron in den Frontallappen des Gehirns konnte man auch mit zweihundert Pferdestärken Letzter werden.

Axel bemühte sich um die richtige Mischung aus Gelassenheit und Wahnsinn im Umgang mit der Nine T und der engen Straße. Das Navi verriet ihm, wie schnell Cortina näher rückte, zeigte aber auch einen Kurvenverlauf voraus, der von einem stark zitternden Straßenbaumeister geplant worden sein musste, so heftig folgte Kurve auf Kurve. Der Falzaregopass auf einer Höhe von zweitausendeinhundertundelf Metern war bald erreicht und allmählich ging es wieder bergab.

Die Ausläufer von Cortina kamen schnell näher. Richtige Straßen, mit Ampeln, Fußgängern, sogar einem Mini-Stau auf dem Weg in das Zentrum! Er hätte nicht gedacht, dass er als Großstädter diese metropolen Zutaten so schnell vermissen würde, doch jetzt fühlte er sich beinahe wie zu Hause. Das Navi tat seine Pflicht, wies ihn mit dicken Pfeilen auf dem Display in die richtige Richtung.

Das Zentrum der Stadt funkelte noch auf der anderen Flussseite, als er das Albergo Corona schon erreichte, ein viergeschossiges Gebäude direkt an der Straße. Dort reihten sich ein Dutzend Parkplätze mit säuberlich aufgemalten Begrenzungen und je einer gelben Krone auf dem Asphalt entlang der Straße aneinander. Luigis BMW stand unübersehbar in der Nähe des Hoteleingangs auf dem Bürgersteig, aber er war nicht zu sehen. Axel wendete und parkte die

Nine T direkt neben die Carabinieri-BMW. Schließlich war auch er Ermittler und im Augenblick sogar Motorrad-Bulle.

Auf den Treppenstufen des Hotels kam ihm Luigi entgegen. Axel blieb stehen und salutierte. Luigi erwiderte den Gruß, ein kaum sichtbares ironischen Lächeln um die Lippen, und streckte ihm zusätzlich die Hand entgegen. Axel schüttelte sie, mit Luigi genau auf Augenhöhe, und freute sich über das Gefühl, einen Verbündeten vor sich zu haben.

»Aaaxäl, schon hier? Du bist doch nicht etwa schneller gefahren, als die Polizei erlaubt?«

»Niemals! Unmöglich! Dann müsste ich mich ja quasi selbst verhaften. Aber hast du eine Vorstellung davon, wie teuer die Bremsbeläge der Nine T als Original-BMW-Ersatzteile sind? Unbezahlbar, ganz ehrlich. Deshalb bremse ich so wenig wie möglich. Spart Geld und Zeit, wie man sieht.«

Luigi nickte ernst. Es war nicht leicht, ihm seine wirklichen Gefühle im Gesicht abzulesen, aber die Enden seines Schnurrbartes zuckten vor Vergnügen an diesen Frotzeleien.

»Jaja, die Deutschen. Immer pflichtbewusst, sparsam und vorbildlich. Genau so erlebe ich die deutschen Motorradfahrer hier auf unseren wunderschönen italienischen Bergstraßen. Solange man ihnen ihr Motorrad nicht klaut.«

Er kam die restlichen Stufen herunter und zog Axel mit sich zu seiner Maschine. Aus einem der Koffer holte er eine Landkarte, die er auf der Sitzbank ausbreitete.

»Meine Nachfrage wegen Paul erbrachte keine Meldung über einen Unfall mit einer BMW hier in der Region oder sonst eine Meldung über einen Motorradfahrer. Außer ...«

Er setzte den Zeigefinger auf die Karte.

»Bozen, vor drei Tagen. Eine Triumph Tiger, mit Packtaschen. Brixen, einen Tag später. Eine Yamaha R 1, neuestes Modell. In der Nacht des selben Tages in Bruneck, eine BMW GS 1200 mit Sonderausstattung.«

Axel blickte verständnislos auf den Finger und die genannten Ortsnamen.

»Was war mit den Maschinen, beziehungsweise ihren Fahrern? Alle zu schnell unterwegs, oder was willst du mir sagen?«

Luigi stemmte die Hände in die Hüften. Er schüttelte bedauernd den Kopf.

»Kommissar, Kommissar, dein Bullengehirn ist wohl in einem anderen Land auf Urlaub. Alle drei Motorräder wurden gestohlen. Innerhalb von drei Tagen und einem Radius von weniger als zweihundert Kilometern. Heute Nacht hier in Cortina eine weitere Maschine. Klingelt bei dir irgendetwas? Du suchst doch nach der Erinnerung an einen Gesprächsfetzen, den ihr im Evaldo mitgehört habt. War da eine Bemerkung in diese Richtung?«

Axel stand starr und stumm, tief versunken in seine Erinnerung. Er war in der Bar des Evaldo, Gelächter und Ausrufe um sich herum. Die Gespräche im Raum überlagerten sich, er hörte alle Worte gleichzeitig, bis sie jeden Sinn verloren.

»Tut mir leid,« sagte er zu Luigi. »Ich kann mich an keine Bemerkung erinnern, die auf einen Motorraddiebstahl anspielt.«

»Nicht nur auf einen. Mein Verdacht ist, jemand fährt seit ein paar Tagen durch mein Revier, sucht gezielt bestimmte Motorräder aus und stiehlt sie dann.«

»Verstehe. Absolut richtige Idee. Und ein Verbrechen, das einen Motorradpolizisten wie Paul durchaus zum Abbruch einer Tagestour motivieren würde. Wie gehen wir weiter vor?«

»Wir treffen jetzt den deutschen Besitzer des heute Nacht gestohlenen Motorrads. Du bleibst in meinem Windschatten. Ich ernenne dich zum Kontaktbeamten, der seinem italienische Kollegen bei Ermittlungen mit deutschen Bundesbürgern weiterhelfen soll. Wie lautet eigentlich dein Familienname?«

»Schröder, mein General. Oder welchen Rang hast du eigentlich? Carabinieri sind keine Polizisten, hat dein Verwandter gesagt.«

»Wir sind so eine Art Militär. Irgendwo dazwischen. Ich bin Capitano.«

»Oh, ein Kapitän ohne Schiff, in den Bergen. Irgendwie tragisch.«

»Siehst du, weil ich nicht alle deutschen Anspielungen verstehe, bist du bei mir. Lass uns gehen.«

Sie erklommen Seite an Seite die Stufen zum Hotel. Das Corona war ein Vier-Sterne-Hotel mit einer großen Lobby, in der drei Menschen in Motorradklamotten auf sie zu warten schienen. Der Mann in der Mitte sah schon von weitem ziemlich mitgenommen aus, die Frau und der Mann links und rechts von ihm waren offensichtlich zu seiner Unterstützung dabei. Luigi ging mit lotrechter Haltung auf die drei zu, salutierte zackig und küsste der Frau die Hand. Das Salutieren ließ die Männer Haltung annehmen, der Handkuss verursachte bei der Frau so etwas wie einen Knicks. Axel war beeindruckt. Luigi hatte in drei Sekunden einen überzeugenden Auftritt der italienischen Staatsmacht hingelegt. Ohne Zweifel fühlten sich die drei Touristen bereits jetzt sehr gut aufgehoben.

»Guten Morgen, verehrte Dame, die Herren. Ich bin Luigi Biaggi, dies ist mein deutscher Kollege Axel Schröder. Bitte entschuldigen Sie die Unannehmlichkeiten. Ich weiß, Sie haben der Polizei schon alle Angaben zum Diebstahl gemacht. Mein Kollege Schröder und ich sind allerdings einer organisierten Diebesbande auf der Spur und brauchen dabei ihre Hilfe.«

Luigi blätterte in Kopien eines Berichts, den er aus seiner Seitentasche gezogen hatte.

»Sie sind Herr Traulsen, richtig?«, wandte er sich an den Mann in der Mitte.

»Ja, genau. Mir wurde meine schöne CBR gestohlen. Ich bin mit meinen Freunden hier unterwegs, wir wollten zusammen in den Dolomiten Urlaub machen, aber jetzt ...«

Er blickte hilflos nach links und rechts.

»Die Honda ist mein ein und alles. Ich muss sie zurückbekommen, unter allen Umständen. Was wollen Sie wissen?«

»Wo war das Motorrad geparkt und wie war es gesichert?«

»Die CBR stand am Ende des Hotelparkplatzes. Neben der Harley von meinem Freund hier. Die wurde nicht gestohlen.«

Die Empörung des Mannes war deutlich herauszuhören.

»Das Lenkradschloss war natürlich drin und ein Testsieger-Schloss an der Bremsscheibe. Ich habe zwar gelesen, dass ein Profi weniger als fünf Minuten braucht, um ein Schloss zu knacken, egal welches Fabrikat. Geglaubt habe ich das nicht so richtig. Bis heute früh.«

Axel wollte nicht nur untätig dabeistehen und wandte sich an Traulsen.

»Können Sie uns zeigen, wo die Honda stand? Es ist immer besser, sich einen konkreten Eindruck vom Tatort zu verschaffen.«

Offensichtlich gebauchpinselt von so viel Aufmerksamkeit, führte das Trio Axel und Luigi nach draußen. Auf einem der letzten Parkplätze, aber noch in Sichtweite des Hotels, stand eine Road King einsam und verlassen. Auf der freien Fläche neben ihr war ausreichend Platz für ein zweites Motorrad. Dort standen sie nun zu fünft und begutachteten ausführlich die Leere.

»Kein geknacktes Bremsscheibenschloss zu sehen. Entweder haben die es ohne Gewalt geöffnet, zum Beispiel mit einem Elektro-Pick, der bringt die Stifte im Schloss durch Vibration in die richtige Stellung. Oder gleich die ganze Maschine so wie sie hier stand eingeladen.«

Die Frau machte große Augen.

»Kann das denn sein? Vollgetankt wiegt die Honda doch fast eine Vierteltonne. Wie soll man die bewegen, geschweige denn einladen?«

»Einer links, einer rechts, der Lenker in den Armbeugen, nur leicht vorne anlupfen und schon zwängt man die Kiste problemlos über eine Rampe in einen niedrigen Transporter. Ein Rollwagen drunter ist auch praktisch. Oder man nimmt sie gleich auf einen elektrischen Hubwagen. In der Zeit, die das braucht, kannst du dir gerade mal die Nase putzen.«

Axel war unversehens in das unter Motorradfahrern übliche *Du* gefallen, so sehr bewegte ihn die Vorstellung, auf welche Art hier ein Motorrad gestohlen worden war. Luigi wirkte kühl und hoch konzentriert. Anscheinend hatte er eine Idee.

»Hier im Protokoll steht, Sie haben die Motorräder zuletzt kurz vor Mitternacht vom Hotel aus sehen können.«

»Das stimmt,« sagte der Harley-Fahrer, dessen Road-King von den Dieben verschmäht worden war.

»Aus unserem Zimmer im dritten Stock kann man auf den Parkplatz sehen, ganz bis zum Ende. Es ist sogar ein Balkon vor dem Fenster, von dort aus überblickt man noch mehr. Wir haben natürlich immer wieder mal nach den Maschinen geguckt. Deshalb konnte ich es zuerst auch nicht glauben, als heute früh die Honda fehlte.

»Und ist Ihnen bei diesen Gelegenheiten im Laufe des Abends etwas aufgefallen?«

»Was soll mir denn aufgefallen sein? Die Motorräder waren da und die Landschaft toll, alles wie immer.«

»Haben Sie zum Beispiel einen Transporter gesehen, der irgendwo parkte? Oder langsam vorüberfuhr, vielleicht sogar mehr als einmal?«

»Nee, tut mir leid. Hier ist so viel Verkehr, da fällt ein Transporter nicht auf.«

»Moment mal!« Die Frau machte unwillkürlich einen Schritt nach vorne. »Ich bin heute Nacht auf die Toilette gegangen. Im Halbschlaf habe ich mir die Bergsilhouette angesehen und auch einen Blick auf den Parkplatz geworfen. Und da stand neben den Motorrädern ein Transporter.«

Luigi sah Axel an und nickte leicht, als hätte diese Beobachtung irgendetwas mit Pauls Verschwinden zu tun. Axel war ratlos. Natürlich war bei diesem Diebstahl ein Transporter im Spiel gewesen. Transporter gab es viele, die standen überall herum, zum Beispiel auch …

»Lassen Sie mich raten«, sagte Luigi ungerührt, »der Transporter, der mitten in der Nacht vor den Motorrädern stand, hatte die Farbe ...«

»Grün«, antworteten die Frau und Axel wie aus einem Mund.

Luigi nickte zufrieden.

»Nicht die typische Farbe für einen Transporter, daran kann man sich schon mal erinnern.«

»Vor meinem Hotel stand auch solch ein grünes Teil«, brach es aus Axel heraus. »Und, und ...«

Ihm versagte die Stimme, er konnte nicht weitersprechen.

»... und dort ist auch ein Motorrad verschwunden«, ergänzte Luigi seinen Satz.

»Ich glaube, mein Kollege und ich haben einen Verdacht, dem wir sofort nachgehen müssen. Vielen Dank für Ihre Hilfe. Wenn wir erfolgreich sind, hinterlassen wir im Hotel eine Nachricht für Sie«, sagte Axel.

Luigi zog eine formvollendete Verabschiedungsrunde durch, wieder mit Handkuss für die Dame und Salut für die Herren. Das machte es ihnen leichter, den abrupten Abschied zu verdauen. Luigi zog Axel von dem Trio weg und ging zurück zu ihren Motorrädern, während er mit der anderen Hand sein Telefon aus der Jackentasche holte.

»Weißt du, woran ich die ganze Zeit denken muss?«, fragte er Axel und rief eine gespeicherte Telefonnummer auf.

»Die Spanngurte«, erwiderte Axel grimmig.

»Genau. Unverzichtbar, um ein Motorrad in einem Transporter kippsicher zu verstauen.«

»Oder sogar mehrere Motorräder eng nebeneinander, die sich nicht gegenseitig beschädigen sollen«, ergänzte Axel.

»Wir waren ganz schön blind, Aaaxäl. Standen direkt vor dem Wagen, in dem vielleicht Pauls BMW verstaut ist. Das ist nur ein Verdacht, der eine Durchsuchung nicht legalisiert. Aber wer nichts zu verbergen hat, hat auch nichts dagegen, für uns die Türen des Transporters zu öffnen.«

Das Telefon hatte in der Zwischenzeit die Verbindung hergestellt, eine Stimme quakte aus dem Apparat.

»Antonio, guten Tag.«

Luigi hielt sich das Telefon ans Ohr und formte mit den Lippen tonlos das Wort Huber.

»Ich stehe hier mit Herrn Schröder, dem deutschen Kommissar. Wir haben den Verdacht, ein grüner Transporter sammelt in der Region geklaute Motorräder ein. Bei euch auf dem Parkplatz stand doch gestern solch ein Wagen. Ist der noch da?«

Er lauschte dem Wortschwall am anderen Ende, von dem Axel nichts verstehen konnte.

»Aha, hm ...«

Luigi hörte zu und kritzelte dabei etwas auf das Protokoll. Dann fischte er eine Straßenkarte aus einer Packtasche und versuchte, sie mit einer Hand aufzuklappen. Axel half ihm dabei. Luigi faltete die Karte in der Mitte, so dass die rechte Hälfte zu sehen war. Sein Finger wanderte von Cortina nach Osten, zirkelte den kurvigen Straßenverlauf entlang bis nach ...

»Slowenien!?«, rief Luigi abschließend ins Telefon. »Alles klar, vielen Dank. Ich melde mich später. Ciao, ciao.«

»Moment«, unterbrach ihn Axel und wedelte wild mit den Armen, damit Luigi nicht auflegte.

»Was ist mit Paul? Hat sich Paul gemeldet oder ist er sogar zurückgekommen?«

Huber hatte Axel anscheinend hören können, denn die Stimme quakte wieder aus dem Telefon. Luigi sah Axel an und schüttelte den Kopf. Er beendete das Gespräch, wählte sofort neu.

»Der grüne Transporter ist weg. Der Fahrer hat heute sehr früh ausgecheckt und ist vor dem Frühstück losgefahren. Er ist Slowene, der Transporter ist in Slowenien zugelassen. Ich gebe ihn zur Fahndung raus. Und mache noch mal Druck, was die Handy-Ortung angeht. Vierundzwanzig Stunden sind vergangen. Ab jetzt geht es um Leib und Leben.«

Axel wendete sich ab. Luigi hatte ausgesprochen, was er sich nicht zu denken traute. Wo immer Paul seit gestern früh war, es geschah nicht freiwillig. Er hockte sich an den Straßenrand, blickte hoch zur Silhouette der Berggipfel auf der anderen Seite des Tals. An was hatte sich Paul erinnert, woher wusste er, in dem grünen Transporter konnten geklaute Motorräder stecken? Die Harley stand neben ihm, warf einen bizarren Schatten auf das Pflaster. Axel sprang auf. In ihm öffnete sich eine Tür und die Erinnerung kam zurück, klar und scharf, mit allen Details, in perfektem Stereo-Sound.

»Keine Harley«, sagte die Stimme hinter ihm. Beim Hereinkommen hatten sie gesehen, hinter dem Pfeiler saß der schicke junge Mann mit dem schmalen Schnurrbart.

»Mal sehen was im Angebot ist. Eine BMW geht immer.«

Der will ein Motorrad leihen, dachte Axel. Der will spontan eine Tour durch die Berge machen. Und keine Harley ist eine verdammt gute Idee. Es sei denn, man mag angeschliffene Trittbretter.

Aber der Mann hatte vor zwei Tagen nicht über Motorräder gesprochen, die er mieten wollte. Er hatte vor, sie zu stehlen. Ganz schön dreist, in Hörweite von zwei Dutzend Zeugen über Diebstahlpläne zu reden. Andererseits hörte niemand genau hin und die paar Satzfetzen wurden sofort wieder vergessen. Es sei denn, es sitzen Polizisten am Nebentisch, die auch in der Freizeit gar nicht anders können, als wie Bullen zu denken. In Paul gärte es, bis er am nächsten Morgen verstand, was er in Wahrheit gehört hatte. Axel gab neidlos zu, weder sein Erinnerungsvermögen noch seine Kombinationsfähigkeit hatten dafür ausgereicht. Er stellte sich vor, wie Paul mit der BMW hinter den Transporter in die Ecke des Parkplatzes rollte, vom Haus und der Straße aus unsichtbar. Paul sah sich den Wagen an. Versuchte ihn zu öffnen. Der Fahrer kam hinzu oder war im Transporter, mit der Maschine beschäftigt, die er in der Nacht in Bruneck in aller Eile festgezurrt hatte, sah hoch, erblickte Paul und ...

Axel drehte sich auf der Stelle und machte zwei schnelle Schritte zu Luigis Motorrad. Die Straßenkarte lag noch aufgeklappt auf dem Tank. Die direkte Verbindung vom Evaldo nach Slowenien führte über Cortina in gerader Linie zur Grenze. Die nächste größere Stadt hinter der gestrichelten Linie hieß Bovec, weniger als zweihundert Kilometer entfernt.

»Luigi!«

Luigi riss den Kopf herum und kam zu ihm, das Telefon noch in der Hand.

»Mir ist klar geworden, wie das ablief. Paul wurde überwältigt, er ist in dem grünen Transporter. Auf dem Weg nach Slowenien. Der Wagen hat mehr als eine Stunde Vorsprung. Ist Bovec die Route, die er nehmen wird?«

Luigi nickte.

»Ja, die Alternativen dazu dauern länger. Außerdem gibt es in den Bergen dort kleine Straßen über die Grenze, die nicht überwacht werden. Die Fahndung ist raus, aber in den wenigen Orten bis zur Grenze sind kaum Kollegen unterwegs.«

Axel griff zu seinem Helm.

»Komm schon!«, rief er über die Schulter. »Zeig, was du drauf hast! Ich will dein Blaulicht vor mir sehen. Mach uns den Weg frei.«

Seine zitternden Finger weigerten sich, den Kinnriemen durch den O-Ring zu führen. Axel fluchte, bis sich die Finger zusammenrissen und ihre Arbeit taten. Luigi rollte schon auf die Straße, blaue Lichtzacken schossen aus der Lampe auf der massiven Halterung am Ende der Sitzbank. Axel startete die Nine T, legte krachend den Gang ein, gab viel Gas und ließ aufgeregt die Kupplung springen. Die Beschleunigungskräfte überwanden die Schwerkraft und hoben das Vorderrad der BMW in die Höhe, bis er nicht mehr auf die Straße, sondern in den Himmel darüber blickte. Axel ging vom Gas, vor Furcht, ungebremst in Luigis BMW einzuschlagen, aber als sein Blickfeld wieder die Horizontale einschloss, war Luigi weiter vor ihm. Auch ein Carabiniere konnte offensichtlich einen Rennstart hinlegen.

Es war schwer, so schnell wie möglich durch Cortina zu fahren, ohne dabei sich und andere zu gefährden. Das Blaulicht half, um ungehindert über Kreuzungen zu gelangen, aber in den engen Straßen lauerten überall Ausfahrten und Parkplätze darauf, ihnen blitzartig einen italienischen Kleinwagen vor das Vorderrad zu setzen. Axel hupte reichlich und sorglos. Es war ein besonderes Gefühl, in einem fremden Land unter dem Schutz der Exekutive als Straßenproll unterwegs zu sein. Genießen konnte er es allerdings nicht besonders. Ständig drängte sich ihm das Bild vor Augen, wie Paul im Transporter eingeschlossen war, in Kurven hin und her geschleudert wurde oder vielleicht gefesselt in einer Ecke lag. Vielleicht war er auch verletzt. Paul war ein großer Mann, ein durchtrainierter Handballer. Kein Mensch, den man ohne Gewalt überwältigen konnte. Axel wollte nicht weiterdenken, seiner Vorstellungskraft war das aber egal. Auf jeden Fall lebte er noch, denn selbst für Postings auf Facebook brauchte man ein Minimum von Lebensenergie.

Die Straße hinter Cortina blieb im Tal, war gerade und schnell, führte aber immer wieder durch Ortschaften und bot nicht viel Platz für Höchstgeschwindigkeit. Trotzdem pendelte sich die Tachonadel der Nine T meist ein gutes Stück rechts von der Zahl einhundert ein. Das ging nur, weil Luigi tapfer vorweg fuhr und auf Axels Reaktionsgeschwindigkeit vertraute, wenn er zwischendurch immer wieder heftig abbremsen musste. So hatte sich Axel das Tourenfahren in den Dolomiten nicht vorgestellt. Es war aufregend, aber ganz schön wahnsinnig und so fordernd, dass Axel kaum Kapazität für einfaches Kopfrechnen frei hatte. Wenn der Transporter sich brav an alle Geschwindigkeitsvorgaben hielt, schwerbeladen wie er war und von dem Wunsch geleitet, möglichst wenig aufzufallen, dann reduzierte sich sein Vorsprung ab Cortina bei einer Durchschnittsgeschwindigkeit von achtzig Stundenkilometern auf zirka sechzig Kilometer. Um ihn auf der verbleibenden Strecke bis zur Grenze einholen zu können, mussten Luigi und Axel also … Axel erkannte mit Schrecken, dass ein

Dreisatz gefragt war, sein persönlicher Feind und Quälgeist seit frühen Schultagen. Neunzehn Bauarbeiter graben sieben Kanäle an einem Arbeitstag. Wie viele Kanäle graben zwölftausend Bauarbeiter in neunzehneinhalb Jahren? So ähnlich lauteten die Aufgaben, für die Axel immer mehr unterschiedliche Ergebnisse errechnete, je länger er sich bei einer Klassenarbeit damit beschäftigte. Wenn also ein Fahrzeug für eine Strecke von hundertsechzig Kilometern zwei Stunden braucht, wie schnell muss dann ein anderes Fahrzeug fahren, wenn es die selbe Strecke in nur achtzig Minuten schaffen will?

Möglichst schnell, entschied Axel und überholte Luigi vor einer Kurve. Auf das Blaulicht würde er verzichten, dafür musste sein Schutzengel eine Familienpackung Zauberkräfte tanken. Sein Blick ging bei diesem Gedanken automatisch zur Tankanzeige. Er fluchte, bis sein Helm zu dröhnen begann. Der Kilometerzähler der Reserve war aktiviert und lief bereits eine Weile. Wie viele Kilometer reichte der Sprit der Reserve noch mal? Axel erinnerte sich dunkel, im Nine-T-Forum einen Thread über die unzuverlässige Anzeige gelesen zu haben. Wie war das noch mal, Tankinhalt, Durchschnittsverbrauch …? Schon wieder eine Rechenaufgabe. Er fluchte erneut, blickte vom Kilometerzähler wieder auf die Straße vor sich – und ging voll in die Eisen, um gerade noch auf eine große Tankstelle rechts von der Straße abzubiegen. Die BMW tauchte in der Vordergabel bis fast zum Anschlag ein, als er vor der ersten Zapfsäule zum Halten kam. Direkt neben ihm hielt Luigi mit quietschenden Reifen. Er streckte den Arm aus, dann zeigte er Axel einen prächtigen, lederbehandschuhten Mittelfinger. Das war wohl knapp, dachte Axel und zeigte das Victory-Zeichen zurück, während er gleichzeitig das Tankschloss öffnete. Er blieb auf dem Motorrad sitzen, langte zur Zapfpistole und ließ Benzin in den Tank schießen. Missmutig sah er zu, wie der Pegel im Dunkeln des Tanks nervenzerfetzend langsam stieg. Der Tank war jetzt halb voll, mehr als genug, um bis zur Grenze zu kommen. Aber was, wenn der Transporter zu schnell vorweg fuhr und er in Slowenien weiter nach ihm suchen musste? Axel atmete tief durch und wartete, bis die helle Flüssigkeit bis hoch zum Rand gestiegen war. Dann knallte er die Zapfpistole zurück in die Halterung, schloss den Tank und blickte auf zum Tankstellengebäude in zehn Meter Entfernung. Eine italienische Rentnergruppe war mit ihrem Reisebus vorgefahren, drängelte sich durch das Warenangebot der Tankstelle und hatte sicherheitshalber schon mal eine Warteschlange mit einer geschätzten Wartezeit von fünfzehn Minuten gebildet. Axel startete die BMW. Er blickte Luigi an, legte seinen rechten Zeigefinger auf sein linkes Handgelenk und drehte dann die Handflächen schicksalsergeben zum Himmel. Die Zeit wurde knapp. Zahlen würde er später, großes Pfadfinderehrenwort. Luigi nickte.

Axel gab Gas und brachte sie wieder auf ihre halsbrecherische Reisegeschwindigkeit. Der Tankstopp hatte sie nur um wenige Minuten zurückgeworfen, aber vielleicht fehlte ihnen am Ende genau diese Ansammlung von Augenblicken, um Paul zu retten.

Ein lang gezogener See glitzerte nicht weit von der Straße entfernt im prallen Hochsommersonnenlicht, friedlich und verlockend. Keine Zeit, vielen Dank für das Angebot, hoffentlich kommen wir später darauf zurück. Für eine Sekunde hatte Axel die Vision, mit Paul und Luigi von einem Bootsanleger aus in den See zu springen, nackt und lachend. Aber wahrscheinlich war das Wasser im See lauwarm, knietief und mückenverseucht. Also weiter, weiter, Richtung Slowenien!

Die Straße bog sanft nach Norden ab und schmiegte sich dabei in ein breiteres Tal. Links von ihnen prahlten weiter hohe Gipfel um die Wette, graue Steinflächen in High Definition unter kitschig-blauem Hollywood-Himmel. Auf der gegenüberliegenden Seite des Tals wurden die Berge allmählich flacher, die urzeitlichen Kräfte, die das Gestein der Alpen kilometerhoch aufgetürmt hatten, waren zum Rand hin immer erschöpfter geworden und gaben sich nach und nach mit halbhohen Bergen, Erhebungen und Hügeln zufrieden.

Die Fahrt Richtung Norden irritierte Axel. Er wollte weiter nach Osten, zur Grenze. Hatte er bereits eine Abzweigung übersehen? Axel ging vom Gas und blickte in den Rückspiegel. Luigi war dicht hinter ihm, das Blaulicht zuckte im grellen Sonnenlicht. Wusste er es auch nicht besser als Axel, fuhr also blind hinter ihm her und in die falsche Richtung? Axels Frage wurde schnell beantwortet, denn Luigi überholte ihn schneidig, setzte urplötzlich den Blinker nach rechts und bog vor einer Verkehrsinsel und einer Menge Straßenschilder scharf ab, wobei irgendetwas in der Nähe seines Stiefels Funken fliegen ließ, so weit winkelte er die BMW in Schräglage ab. Axel bremste, schaltete zwei Gänge herunter und bog, immer noch auf der Bremse, in Schräglage mit Luigi ab. Erst nachdem er die BMW nach der Kurve wieder aufgerichtet hatte und Gas gab, kam der Schrecken über ihn. Ohne die antrainierten Bewegungsabläufe aus vielen Rennstrecken-Trainings hätte er die Nine T gut und gerne überbremst und geradeaus in die Straßenschilder auf der Verkehrsinsel gesetzt. Jetzt verstand er Luigis Mittelfinger besser. Axel grinste. Er war nicht zum Vergnügen unterwegs, hatte aber Spaß.

Sie überquerten Tal und Fluss, nach einem kurzen Stück Richtung Süden wandte sich die Straße jetzt auch wieder nach Osten. Die Strecke durch die sanfter werdenden Berge entpuppte sich als Kurveneldorado. Es ging hinunter in tiefere Regionen und der Höhenunterschied wurde durch unzählige Serpentinen bewältigt. Axel fragte sich, ob er im weiteren Verlauf der Straße an den Ortschaften das Ende von Italien und den Anfang von Osteuropa würde ablesen können. Der Straßenbelag wurde rissig und uneben, aber das lag eher daran, dass sie auf einer Nebenstrecke unterwegs waren, die mit den Temperaturunterschieden von Sommer und Winter, Tag und Nacht alleine klarkommen musste.

Sie fuhren jetzt durch Wald, kleine Nadelbäume standen bis dicht an die Straße und sorgten für kühlenden Schatten. Auf einem kurzen Stück ließ der gerodete Hang den Blick auf die folgenden Serpentinen frei, die sich wie eine unendlich lange Boa Constrictor den Berg hinunter schlängelte. Das Sonnenlicht blendete bei dem Blick ins Tal und doch erkannte Axel einen Wimpernschlag lang auf halber Höhe der Strecke einen grünen Fleck, der sich zu Tal bewegte. Bevor er sich dessen bewusst wurde, erkannte sein Körper sein Ziel: Dort fuhr der grüne Transporter. Einige Millionen Jahre Übung im Verfolgen und Jagen von rennenden Tieren sorgten dafür, dass sein Gehirn einen Mix von Botenstoffen freisetzte, mit denen Axel ausdauernd, schmerzfrei, hellwach und furchtlos wurde. Sein Jagdinstinkt setzte ein, riss ihn in einer grandiosen Euphoriewelle mit sich und sorgte für die einzige körperliche Aktivität zu der er, zum Sitzen verdammt, fähig war – Axel gab Vollgas. Er schoss an Luigi vorbei, setzte dabei noch einen langen Hupton ab, der eine Erklärung ersetzen musste, und schoss zu Tal.

Vor der nächsten Serpentine bremste er, bis das ABS einsetzte. Er war zu schnell, zwang das Motorrad aber in die Kurve. Die Reifen quälten sich bei dem Versuch, den Kontakt zum Boden nicht zu verlieren. Weil ihnen das scheinbar gelang, setzte Axel sie noch mehr unter Druck und beschleunigte sanft, aber konsequent Richtung Kurvenausgang. Sein evolutionäres psychisches ABS regelte vor der nächsten Kurve seine Risikobereitschaft fein nach, damit er das Limit ein wenig nach unten korrigierte, um etwas langsamer in die Kurve zu gehen. Zwei Kurven weiter konnte er den grünen Fleck bereits durch die lichten Baumgruppen am Hang unter sich sehen, eine Serpentine später war die Kastenform des Transporters erkennbar. Axel beugte sich über den Lenker, auch wenn der Luftwiderstand auf keinen Fall zu groß für die Leistung der BMW war. Er wollte zubeißen, sein Opfer erlegen. Der Fahrer des Transporters hatte seine Verfolger noch nicht wahrgenommen, er zuckelte in biederem Tempo bergab. Noch eine Kehre weiter und Axel würde ihn erreichen. Und dann? Überholen war kein Problem, aber sollte er den Transporter anschließend ausbremsen, sich quer auf die Straße stellen? Oder sich mit Handzeichen beim Überholen mit dem Fahrer zu verständigen versuchen? Axels Überlegungen wurden hinfällig, als Luigi mit hoher Drehzahl an ihm vorbeibrauste und rasend schnell die Lücke bis zum Transporter schloss. Hut ab vor dem Carabiniere, dachte Axel. Wahrscheinlich teilte der ein oder zwei Gene mit dem gleichnamigen Motorradweltmeister. Oder alle Italiener waren auf dem Grunde ihrer Seele Rennfahrer.

Luigi nutzte jedenfalls ein kurzes Stück gerader Straße, um am Wagen vorbeizustechen. Axel konnte nicht sehen, was Luigi signalisierte, der Transporter ging jedenfalls vom Gas, wurde kontinuierlich langsamer und rollte schließlich nur noch im Schritttempo dahin. Die Straße war eng und ließ keine Voraussicht zu, trotzdem setzte er zum Überholen an und drückte die BMW zwischen den Transporter und die Leitplanken, die durchgehend auf der Hangseite der Straße montiert waren.

In diesem Augenblick lenkte der Transporter zur Seite, streifte Axel am Lenker und gab Vollgas, bis schwarze Dieselwolken wie von einem feuerspuckenden Drachen auf Axel niederkamen. Er umklammerte den Lenker mit aller Kraft und gab intuitiv Gas, damit die BMW sich stabilisierte und von dem Bodycheck erholte. Das reichte, um die letzten Meter zu überbrücken, bevor der Transporter vollständig die Gegenspur belegte. Axel war vor dem Wagen und kurz vor Luigis BMW, die mit laufendem Motor formatfüllend auf der Straße stand, Luigi einen Meter daneben am Straßenrand. Wenn Axel weiterfuhr, konnte der Transporter auf der Gegenspur an Luigis Straßensperre vorbeikommen.

Axel dachte nicht, sondern bremste voll, brachte das Hinterrad dazu, auszubrechen und zu rutschen, drückte die Maschine zu Boden und ging – zum ersten Mal seit einer sagenumwobenen Stunde im Sportunterricht im Frühjahr 1975 – in einen ziemlich guten Herrenspagat, damit sein Bein nicht unter das umfallende Motorrad geriet. Während er vom Schwung mitgerissen in Richtung Leitplanke torkelte, kreiselte die BMW einmal um die Fußraste, rutschte noch einen Meter und lag lückenfüllend da, ein ernstzunehmendes Hindernis, auch für einen zu allem entschlossenen Transporterfahrer, der einiges zu verlieren hatte. Axel prallte währenddessen mit dem Knie gegen die Leitplanke, ließ sich fallen und schaffte es mit Mühe und Not, nicht unter der Leitplanke durchzurutschen und im Dunkel des steilen Hanges dahinter zu verschwinden. Er wollte auf dem Boden liegend herumwirbeln, um die Ereignisse in seinem Rücken nicht aus den Augen zu verlieren, der Schmerz in seinem Knie zwang ihn aber zu einer halben Drehung in Zeitlupe.

Luigi hatte alles unter Kontrolle. Der Motor des Transporters lief nicht mehr, der Fahrer saß in seiner Kabine, die Hände soweit es das Dach zuließ hoch gestreckt, und starrte in die Mündung der Dienstwaffe, die Luigi ihm vor seiner Frontscheibe aus einem Meter Entfernung vor das Gesicht hielt. Axel rappelte sich hoch und hüpfte auf einem Bein zu dem Wagen. Er riss die Tür auf und zerrte den Mann heraus. Weil die Aktion auf einem Bein kaum zu schaffen war und das lädierte Bein schlimme Schmerzenswellen aussendete, hängte er sich einfach an den Mann und ging mit ihm zu Boden. Der wehrte sich nur verhalten, deshalb gelang es Axel, sich auf ihn zu legen. Er machte sich schwer, eine seine leichtesten Übungen. Es verging nur ein Augenblick, bis er ein wohlbekanntes Geräusch hörte. Luigis Handschellen schlossen sich mit einem satten Klick um die Handgelenke des Mannes. Axel benutzte den Gefesselten als Aufstehhilfe und hüpfte zurück zur offenen Tür. Luigi sagte etwas, aber Axel ignorierte ihn, griff sich den Zündschlüssel und humpelte den Transporter entlang nach hinten. Am Schlüsselbund waren nur zwei Schlüssel, Axel fand den passenden beim ersten Versuch. Er hüpfte zur Seite, um eine der Türen aufschwingen zu lassen, dann zur anderen Seite, damit auch die zweite Tür Platz hatte. Benzindämpfe strömten ihm entgegen, die Ausdünstungen von acht querstehenden Motorrädern, dicht an dicht über die gesamte Länge des Transporters abgestellt. In der ersten Reihe stand eine CBR mit einem Schloss in der Bremsscheibe. Als drittes Motorrad glänzte Pauls GS 1200. Weiter hinten drang nicht genug Licht bis in die Ecken, um den gesamten Laderaum überblicken zu können.

»Paul!«, rief Axel und ging auf einem Bein in die Hocke, damit er über dem Boden nach dem Schatten eines menschlichen Körpers suchen konnte.

»Paul, mach ein Geräusch, wenn du geknebelt bist! Gib Meldung, verdammt!«

Luigi trat neben ihn, warf einen prüfenden Blick in den Wagen, legte ihm dann einen Arm um die Schultern.

»Hör auf zu brüllen, Axel«, sagte er. »Paul ist nicht da drin.«

10.

Axel starrte vor sich hin. Nach dem Ende der Jagd war die Chemie in seinem Gehirn verebbt, um ein sprachloses Katergefühl zurückzulassen. Er hatte Paul befreien wollen und nur sein Motorrad gefunden. Paul blieb verschwunden. Es gab eine Erklärung dafür, aber Axel weigerte sich, diesen Gedanken zuzulassen.

Er saß auf der Leitplanke, einen Arm auf die Nine T gestützt und sah Luigis Carabinieri-Kollegen dabei zu, wie sie den Fahrer des Transporters auf die Rückbank ihres schwarzen Alfa Romeos zwängten. Der Alfa war möglicherweise nicht das praktischste Fahrzeug für die täglichen Härten des Polizeieinsatzes, aber schließlich waren es italienische Polizisten, denen Sportlichkeit und Eleganz wichtiger waren als reine Zweckmäßigkeit. Die Carabinieri waren nach Luigis Meldung innerhalb weniger Minuten von einer Schnellstraße in der Nähe mit quietschenden Reifen vorgefahren. Sie fuhren den Transporter an den Straßenrand und sicherten die Stelle vor dem Autoverkehr.

Axel zog sich an der BMW hoch und stand auf. Sein Knie pochte. Es fühlte sich geschwollen an, aber er konnte es beugen und vorsichtig belasten. Die Nine T hatte Luigi schon vor einer Viertelstunde fachmännisch mit beiden Fäusten um ein Lenkerende und geradem Rücken für ihn aufgerichtet und neben der Leitplanke auf den Hauptständer gewuchtet. Das Motorrad hatte blitzartig einen herben Wertverlust erlitten, auch wenn die Raste, der Kupplungshebel und der Ventildeckel des Zylinders nur leichte Schleifspuren zeigten. Irgendwie war Axel in seiner Motorradfahrer-Karriere dazu verdammt, aus einem neuen Motorrad eher früher als später ein Motorrad mit Unfallschaden zu machen. So hatte er bei seinem letzten Fall im vorigen Sommer eine nagelneue Kawasaki Z 1000 geschrottet, weil ihm ein Mörder eine tödliche Falle gestellt hatte.

Immerhin war die BMW bei einer Verbrecherjagd beschädigt worden und nicht bei einem missglückten Ampelstart vor der Eisdiele. Abgesehen von den Kratzern war nichts passiert, der Boxermotor hustete wie immer tatendurstig vor sich hin, als Axel ihn probeweise startete.

Er bewegte sich in einem lustigen Wackelgang zum Alfa. Der Schnurrbartmann saß mit auf den Rücken gefesselten Händen hinter dem Fahrersitz auf der engen Rückbank des Alfa, Luigi hockte in der offenen Tür vor ihm. Er redete auf Italienisch auf den Mann ein, der den Kopf schüttelte und immer wieder drei Wörter in einer unbekannten Sprache antwortete.

Luigi sah hoch zu Axel.

»Der Mann versteht mich nicht. Wahrscheinlich spricht er nur slowenisch.«

Axel schüttelte den Kopf.

»Der Mistsack versteht jedes Wort.«

Er ging leicht in die Hocke, um dem Mann auf der Rückbank in die Augen sehen zu können, sein Knie signalisierte aber mit Nachdruck, er solle sich lieber etwas anderes einfallen lassen. Also umrundete er den Alfa, öffnete die zweite Rücksitztür und zwängte sich mit viel Mühe in den engen Spalt zwischen Rückbank und Beifahrersitz. Das Bein mit dem lädierten Knie konnte er glücklicherweise unter der offenen Tür durchstreckt draußen lassen. Ächzend wandte er sich dem Schnurrbartträger zu. Sie saßen in einem absurden Arrangement von Gliedmaßen auf engstem Raum nebeneinander und sahen sich an.

»Ist er tot?«, fragte Axel mit leiser Stimme. Er schluckte. Der Mann blieb stumm. Sein Gesicht war glatt wie eine Maske.

»Hast du ihn unterwegs irgendwo in den Wald gelegt? Lebte er noch? Wenn du mir genau jetzt sagst, wo du ihn gelassen hast, ist es vielleicht noch nicht zu spät.«

Der Schnurrbart des Mannes zuckte. Er sagte etwas, wahrscheinlich dieselben Worte wie schon vorher, in einer wohlklingenden Sprache, die für Axel genauso gut auf einem anderen Planeten heimisch sein könnte.

Ein Brausen schwoll in Axel an, noch leise, wie Meeresbrandung in weiter Ferne.

»Ich habe dich deutsch reden hören«, sagte er, überrascht, wie kühl er sich anhörte. Die Welle in ihm kam näher und wurde lauter.

»Wenn mein Kollege stirbt, wirst du den Rest deines Lebens im Knast verbringen.«

Der Mann warf ihm zwei Wörter ins Gesicht, fest und klar, mit einem Zischlaut am Ende. Axel verstand nicht die Worte, aber ihre Bedeutung.

»Ich soll mich ficken?«

Das Brausen erreichte Axel, die Woge brach über ihm zusammen und riss ihn mit sich fort. Er griff den Mann beim Kragen seiner Jacke und schüttelte ihn mit aller Macht.

»Wo? Ist? Paul? Wo? Ist? Paul?«

Der Kopf des Mannes knallte bei jeder Frage gegen den Türrahmen des Alfa. Axels Stimme vibrierte durch den Innenraum, bis ihn zwei Hände von hinten packten und aus dem Auto rissen. Er rutschte mit dem Hintern auf den Asphalt. Über ihm stand einer der Carabinieri und ließ ihm einen Schwall italienischer Schimpfwörter zukommen. Axel winkte wortlos ab, blieb auf dem Boden sitzen. Die Welle der Wut war über ihn hinweggezogen und ließ ihn ohne Kraft und Willen zurück. Er ließ den Kopf hängen, schlug die Hände vor das Gesicht.

Ihm war nun klar, was auf dem Parkplatz geschehen war. Paul wurde hinter dem Transporter überwältigt, zusammen mit der BMW in den Laderaum gepackt. Die Facebook-Postings konnte auch der Slowene abgesetzt haben, vielleicht aus Versehen, weil er mit dem Smartphone nicht umgehen konnte. Wenn er es nicht unterwegs entsorgt hatte, würden sie das Gerät irgendwo im Fahrzeug finden. Paul blieb spurlos verschwunden, war unauffindbar, konnte genauso gut in einem Paralleluniversum gelandet sein.

Er blickte noch einmal zu dem Mann im Auto, der ihn bei seinem Schwächeanfall beobachtete. Ihre Augen trafen sich und Axel erkannte, dass er von ihm kein Mitleid erhoffen konnte. Für einen simplen Motorraddieb benahm sich der Schnurrbartträger verdammt hartgesotten. Axel konnte den Blick des Mannes nicht länger ertragen. Er ließ die Autotür zufallen und lehnte sich dagegen. Luigi und die beiden anderen Carabinieri standen ratlos ein paar Schritte entfernt. Eigentlich gab es hier nichts mehr zu tun, es wurde Zeit, den Transporter zu entfernen und den Verhafteten zur Wache zu fahren. Aber sie ließen Axel noch einen Moment Zeit.

Er holte das Xperia heraus und rief Pauls letzte Fotos auf. Wo könnte der Slowene dieses Bild her haben? Gab es Aufschluss darüber, wo er Halt gemacht hatte, um Paul abzuladen? Axel legte das Smartphone vor sich auf den Boden. Er starrte auf das mysteriöse Foto. Sand, Dünen, ein dunkler Höhleneingang in gleißendem Sonnenlicht. Nicht die typische Dolomiten-Landschaft, soviel war klar.

Schicke schmale Herrenschuhe stellten sich in sein Blickfeld. Italienische Schuhe. Kein Wunder, denn der Besitzer, einer der Carabinieri, sagte etwas auf Italienisch. Motorradstiefel gesellten sich zu den Halbschuhen.

»Er hat Recht«, sagte Luigi, der neben seinen Kollegen getreten war.

»Er sagt, das sind große Nasenlöcher.«

Axel blickte hoch zu den beiden, bereit, sich mit ihnen wegen dieser dummen Bemerkung im falschen Moment anzulegen, aber dann verstand er. Als er das Display um hundertachtzig Grad drehte und das Foto verkehrt herum vor sich lag, sah er es richtig. Die optische Täuschung löste sich plötzlich vor seinen Augen auf und zurück blieb das wahre Bild: Eine Nasenspitze und Nasenlöcher, so dicht vor der Kameralinse aufgenommen, dass erst die weiter entfernten Teile des Gesichts im Hintergrund langsam schärfer wurden. Paul hatte ein Selfie gemacht, allerdings nicht mit einem Selfie-Stick und Selbstauslöser und auch nicht mit dem Finger als Auslöser auf dem Display, sondern mit seiner Nasenspitze. Axel erwachte aus seiner Erstarrung, sprang auf, soweit es ihm mit seinem Knie möglich war. Warum in aller Welt hatte Paul nicht seine Hände benutzt?

»Warum in aller Welt …?«

Weiter kam Axel nicht mit seiner Frage an Luigi, denn der hatte sich offensichtlich das Gleiche gefragt und eine Antwort gefunden, denn er zeigte durch das Autofenster. Axel folgte dem Finger, sah den Mann auf der Rückbank, die Hände auf dem Rücken gefesselt.

»Ihm waren die Händen auf den Rücken gebunden! Er hatte nur seine verdammte Nase, um sein Smartphone zu bedienen!«

Luigi nickte. Er zeigte auf die überbelichteten hellen Stellen des Bildes.

»Der Blitz der Kamera hat sich automatisch eingeschaltet, weil nicht genug Licht zur Verfügung stand. Weil Paul im Dunklen lag und gar nicht sehen konnte, welche Funktion er auf dem Gerät auswählte.«

»Beziehungsweise welche Funktion als letzte ausgewählt

war«, unterbrach ihn Axel. »Meist bleibt ja die letzte Nutzung auf dem Display ausgewählt. Paul hat vor der Abfahrt ein Foto von uns gemacht und gepostet. Er war noch stolz darauf, dass seine App das Posten bei Facebook automatisch durchzieht.«

»Er lag also gestern ab dem Vormittag mit auf den Rücken gefesselten Händen im Dunkeln. Sehr wahrscheinlich in diesem Transporter. Aber wo ist er jetzt? Und sein Smartphone?«

Wortlos ließ Axel seinen Daumen über das Display des Xperia huschen und wählte Pauls Nummer. Nach einem viel zu langen Augenblick wurde die Verbindung hergestellt und das Rufzeichen ertönte. Luigi und Axel standen mucksmäuschenstill nebeneinander und lauschten. Sie gingen zum Transporter, Axel zur offenen Hecktür und Luigi zum Fahrerhaus, aber kein Klingelton war zu hören. Pauls Nachrichtenbox sprang an. Axel legte auf.

»Im Wagen ist sein Handy nicht. Ausgeschaltet ist es aber auch nicht. Das ist die gute Nachricht. Man kann es also immer noch orten. Ich setze der Administration jetzt die Pistole auf die Brust. Die sollen mir augenblicklich den Standort des Smartphones nennen.«

Luigi ging zu seiner BMW und griff sich das Funkgerät. Axel hörte ihm abwesend zu, wie er in das Gerät hineinsprach, dabei ständig zwischen deutsch und italienisch wechselte. Luigis Tonfall war eindeutig, egal in welcher Sprache. Am anderen Ende der Leitung schien es keinen Widerspruch zu geben.

»Okay. Dann los jetzt. Ich warte ...«

Luigi sah zu Axel herüber und hielt seinen Daumen hoch. Axel winkte mit dem Xperia in der Hand zurück. Und machte vor Schreck einen kleinen Satz zu Seite, als seine Hand zu vibrieren begann. Einen Augenblick später ertönte auch der Klingelton.

»Paul?«, fragte er in das Gerät.

»Nein, hier ist Eva. Er hat sich also nicht gemeldet?«

Axel riss sich zusammen. Seine Nerven mochten mittlerweile dünn geworden sein, aber Eva gegenüber würde er nichts davon zeigen.

»Hallo Evi. Nein, es tut mir leid, wir haben ihn noch nicht gefunden. Aber den Transporter vom Hotelparkplatz, von dem ich dir berichtet hatte. Der war auf dem Weg nach Slowenien. Und voller gestohlener Motorräder, darunter auch Pauls BMW. Wir vermuten, Paul wurde überwältigt. Leider ist er aber nicht mehr in dem Wagen. Wir lassen in diesem Augenblick Pauls Handy orten. Ganz bestimmt werden wir ihn bald aufgespürt haben.«

Es war einen Moment zu lange still in der Leitung. Axel wusste, er hatte sie nicht beruhigt.

»Ich mache mir Sorgen, Axel. Mir ist klar geworden, wovon am Nebentisch im Hotel gesprochen wurde. Du hast mir ja erzählt, woran du dich erinnern kannst. Ich habe Angst vor den Leuten, mit denen ihr da zu tun habt. Die sind hartgesotten.«

Axel horchte auf. Dieses Wort war ihm eben noch angesichts des eiskalten Transporterfahrers in den Sinn gekommen.

»Wovon sprichst du, Eva? Was habe ich dir erzählt?«

»›Beim nächsten Mal fahren wir beide mit Christel. Das macht zehnmal mehr Sinn.‹«

Axel brauchte einen Augenblick, bis er sein eigenes Zitat wiedererkannte.

»Ja, Evi. Etwas in der Art habe ich gehört. Und?«

»Breaking Bad.«

Axel wartete ab, aber Eva blieb stumm. Er verlor die Contenance. Rätsel hatte er in den vergangenen vierundzwanzig Stunden genug gehabt.

»Eva. Was willst du mir damit sagen?«

»Sag mal, Axel, guckst du kein Fernsehen? Oder jedenfalls keine Kult-Serien? In *Breaking Bad* bekommt der Hauptdarsteller Krebs und ...«

»Ich kenne die Story und habe ab und zu auch mal eine Folge gesehen. Aber ich verstehe immer noch nicht ...«

»Worum dreht es sich in dieser Serie? Um Methamphetamin. Verstehst du?«

Axel verstand nicht. Dieser bärtige Chemielehrer begann in der Serie damit, selber chemische Drogen herzustellen, um sie zu verkaufen. Die Geschichte wurde schnell blutig, weil ...

»Axel, diese Motorradklauerei ist nur eine Nebensache. ›Beim nächsten Mal fahren wir beide mit CRYSTAL. Das macht zehnmal mehr Sinn.‹ Verstehst du? Mit Crystal Meth verdient man unendlich viel mehr als mit gestohlenen Motorrädern. Dieser Transporter auf dem Weg nach Slowenien, der hat das Meth von dort mitgebracht. Der Fahrer ist vielleicht ehrgeizig und wollte nicht leer zurückfahren. Crystal bringen, einen Wagen voller Motorräder holen.«

Axel blickte zurück zu dem Alfa, in dem der Mann auf der Rückbank saß und starr nach vorne blickte. Als hätte er Axels Blick gespürt, drehte er langsam den Kopf und sah ihn an. Axel lief ein Schauer über den Rücken. Eva hatte Recht.

»Jemand anderes hat die Wagenladung Meth übernommen«, sagte er. »Und hoffentlich auch Paul.«

»Und diesen anderen kennst du. Die Gesprächsfetzen, an die du dich erinnerst, kommen von zwei Personen. Wer hat mit dem Fahrer zusammen am Tisch gesessen, Axel?«

Eine Hand legte sich auf Axels Schulter. Er drehte sich um. Luigi stand vor ihm und hielt ihm die Straßenkarte unter die Nase, sein Zeigefinger tippte auf einen Straßenabschnitt irgendwo Richtung Bruneck.

»Handy«, sagte er. »Ortung.«

Axel nickte und machte dabei mit nach oben gereckter Faust eine triumphierende Fußballer-Geste.

»Eva, wir wissen wo Paul ist. Oder zumindest sein Handy. Wir fahren da jetzt hin. Das kann eine Weile dauern. Ich melde mich so schnell es geht wieder bei dir.«

»Alles klar. Los, Axel, gib Gas!«

»Logisch. Und danke für die gute Ermittlungsarbeit, Evi. Du bist unschlagbar.«

Luigi wartete nicht ab, bis Axel das Smartphone weggesteckt hatte.

»Eindeutig das Signal von Pauls Handy, kurz hinter Arabba. Es bewegt sich, im Fahrtempo eines langsamen Autos. Ich würde sagen Richtung Brenner, also zur Grenze. Wenn wir das Signal vorher erreichen wollen, müssen wir uns beeilen. Ich fahre vorneweg, wegen des Blaulichts, aber auch, weil ich im Helm über Funk von Richtungsänderungen bei der Ortung erfahre.«

»Perfekt. Mir ist klar geworden, was ich wirklich im Evaldo mitgehört habe. In dem Fahrzeug, in dem Pauls Handy sendet, wird ziemlich sicher die Droge Crystal Meth transportiert. Vielleicht motiviert das deine Kollegen, ebenfalls an der Jagd teilzunehmen. Und den Transporter solltet ihr auf Spuren von dem Zeug untersuchen, wahrscheinlich wurde es darin nach Italien transportiert. Der miese Typ da soll verdammt noch mal einsitzen, bis er schimmelig ist.«

Luigi drehte sich wortlos um und lief zu seinen Kollegen. Während er sie in aller Eile instruierte, humpelte Axel schon mal zur Nine T und machte sich fahrfertig. Es war kein Spaß, das Bein mit dem dicken Knie über die Sitzbank zu schwingen, aber sobald er saß, war der Schmerz auszuhalten. Luigi glitt auf seiner BMW neben ihn und blickte fragend herüber. Axel zeigte ihm den nach oben gerichteten Facebook-Daumen. Ihr Start hatte wieder Wettbewerbscharakter, aber Axel ließ sich nach wenigen Metern zurückfallen, denn die gerade Strecke ging schnell zu Ende und Luigi war ja zum Schrittmacher erkoren.

Bergauf waren die Serpentinen bei der Rückfahrt genauso prickelnd, auch wenn Axel lieber in aller Ruhe zusammen mit Paul durch die Gegend gecruised wäre, anstatt sich den ganzen Tag ein Wettrennen gegen die Zeit zu liefern. Die Vorstellung, Paul befreien zu können, kickte ihn an wie ein vierfacher Espresso. Paul, der womöglich seit vierundzwanzig Stunden gefesselt im Dunklen lag. Und sicher genauso wie Eva verstanden hatte, dass am Nebentisch nicht über eine nette Christel gesprochen wurde, also wusste, von welchem Kaliber seine Entführer waren.

Luigi fuhr wie entfesselt. Die Carabinieri-BMW mit dem Gewicht der zusätzlichen Ausrüstung und ihrem Alltagsfahrwerk tauchte beim Bremsen vorne tief ein, pumpte hinten gewaltig und schlingerte beim Beschleunigen Besorgnis erregend um die eigene Achse. Aber der brave Carabiniere ignorierte diese Widrigkeiten und beruhigte das Fahrwerk mit der richtigen Dosis Vortrieb. Beim Abbremsen vor spitzen Kurven produzierte Axels Knie nach einer Weile einen immer gemeineren Schmerz, bis er den Fuß ab und zu von der Raste nahm und nach vorne streckte. Das machte den Schmerz erträglich.

Sie kamen zu der Abzweigung, an der Luigi vor kurzem noch funkensprühend an ihm vorbeigegangen war und jetzt kam das Blaulicht so richtig zur Geltung, denn auf dieser Hauptstrecke war der Verkehr dichter geworden. Die meisten Autofahren reagierten vorbildlich, wurden langsamer und hielten sich so weit wie möglich rechts, um sie vorbeizulassen. Andere blickten nicht in den Rückspiegel und mussten sich bemühen, vor Schreck nicht in den Graben zu fahren, wenn die beiden BMWs in kurzem Abstand an ihnen vorbeirauschten. Auf der breiten Straße ging Luigi ans Limit. Er fuhr selten langsamer als hundertvierzig und blieb lange auf der Gegenspur, wo er entgegenkommende Autos zum Ausweichen zwang. Nur durch Ortschaften rollten sie mit angehaltenem Atem, diszipliniert und hochkonzentriert. Die Seen glitzerten bald wieder in Sichtweite neben der Straße, noch einladender als bei der Hinfahrt, denn seitdem war Axel ganz schön ins Schwitzen gekommen.

Die Kilometerangaben bis Cortina purzelten nur so auf den Hinweisschildern, bis sie von der Höhe die Stadt unten sehen konnten und sich über Kurvengekringel an den Abstieg machten. Axels Fußspitzen hatten den ganzen Tag über immer wieder mal in engen Kurven aufgesetzt, bis er sich nicht mehr erschreckte und das ungewohnte Zuckeln am Fuß ignorierte. In einer der letzten weiten Kehren vor Cortina blieb das Vorderteil seines Motorradstiefels so lange als ein von den Bayerischen Motorenwerken angetriebener Radiergummi auf dem Boden, bis ein scharfer Schmerz in seinen kleinen Zeh biss und der Stiefel eine bis dahin unbekannte Zehenbelüftung einschaltete. Axel zog das Bein an, um während der Fahrt einen Blick auf die Stiefelspitze werfen zu können. Das Leder war an der Seite abgeschliffen und präsentierte ihm freie Aussicht auf seinen blutigen kleinen Zeh, der aus einem kleinen Guckfenster auf die Straße blickte. Zum Glück waren sie nun in der Stadt und fürs Erste von Schräglagen befreit.

Die Autofahrer von Cortina d'Ampezzo ließen sich von Luigis Blaulicht deutlich weniger beeindrucken als ihre Kollegen auf der Landstraße. Alle hatten es eilig, fluchten im Stau und gaben nur widerwillig etwas von dem Platz her, den sie sich im Gedränge erkämpft hatten. Nachdem Luigi ein paar Mal seine Hupe zur Autoritätsverstärkung eingesetzt hatte, schloss sich Axel seinem Vorbild an und so drängelten sie sich hupend wie eine Hochzeitsgesellschaft durch die engen Straßen. Auf der anderen Flussseite hielt Luigi an einer Weggabelung an. Er winkte Axel neben sich.

»Bist du schon mal Enduro gefahren?«, brüllte er Axel über den Lärm der beiden laufenden Motoren zu.

»Was?«

Axel war sich nicht sicher, ob er richtig verstanden hatte. Wollte Luigi ihm tatsächlich hier und jetzt ein Gespräch über Endurofahren aufzwingen?

»Die Tofana.«

Luigi zeigte hoch zu der Berggruppe vor ihnen. Ein beeindruckendes Gezacke von Gipfeln ragte über ihnen auf, wild und schön, abweisend und unbezwingbar.

»Wir müssen das ganze Massiv umfahren, um auf die Straße Richtung Grenze zu kommen. Es sei denn, wir nehmen eine direktere Route, an der Tofana vorbei nach Norden. Zum größten Teil sind das nicht öffentliche Bergsträßchen, Wanderwege, danach Trampelpfade. Und Abschnitte über freies Gelände. Ich bin diese Tour vor Jahren mal gefahren, allerdings mit einer KTM. Traust du dir das zu?«

Axel blickte wieder hoch zu den kahlen Gipfeln, die bis zum Himmel zu reichen schienen. Er hatte sich vor Jahren bei einem Enduro-Lehrgang in einem großen Steinbruch einmal blutige Schienbeine und einen ultragemeinen Muskelkater geholt, war sich aber nicht ganz sicher, ob diese Erfahrung ihm bei der Überquerung des Gebirgszuges in irgendeiner Weise weiterhelfen konnte.

»Natürlich«, sagte er. »Kein Problem.«

»Na dann, tot, tot, tot und Berg heil! Falls du liegenbleibst, dann achte auf die Geier.«

Luigi lachte ein gemeines Lachen und bog von der Hauptstraße auf eine Seitenstraße ab, die sie aus der Stadt hinausführte. Zunächst zog diese Landstraße an Häusern und einem Sportplatz vorbei nach Norden, aber bald war die Herrlichkeit vorüber, die Straße schlängelte sich nach rechts, während Luigi den schönen, perfekten Asphalt hinter sich ließ und auf einen staubigen Weg abbog. Axel lernte blitzartig, nicht direkt hinter Luigis Staubfahne herzufahren und dessen Staub zu schlucken. Ansonsten war die Nine T durch die Strecke – mit weichem Untergrund und einigen versteckten Schlaglöchern – nicht zu beeindrucken. Wie Luigi versprochen hatte, wurde es aber schnell sportlicher. Sie folgten dem Tal durch die lichten Nadelwälder immer weiter bergauf. Aus dem weichen Untergrund wurde nach und nach steiniger Boden mit tiefen Rinnen, durch die im Frühjahr wahrscheinlich das Schmelzwasser zu Tal geflossen war. Die Aussicht war atemberaubend, mit jedem Höhenmeter schien der Horizont weiter zu werden.

Mittlerweile fuhr Luigi viel zu schnell für Axel, der den Lenker fest umklammert hielt, um auf Schläge und Schlinger sofort reagieren zu können. Entspannung bot ein ausgelatschter Wanderweg, der plötzlich von rechts auftauchte und dem Luigi folgte. Die Steigung nahm zu, immer wieder stellte sich Axel in die Rasten, um den Schwerpunkt möglichst weit nach vorne verlagern zu können. Das Knie war davon überhaupt nicht begeistert, sein Beschwerdeantrag wurde aber nicht bearbeitet, sondern auf Wiedervorlage gelegt. Auf der anderen Seite des Bergmassivs würde Axel auf die Schmerzen zurückkommen.

Der Wanderweg führte sie weiter bergauf, über die Baumgrenze hinaus und an Bergwiesen entlang. Murmeltiere flüchteten wild pfeifend in ihre Höhlen, empört über diese lärmenden Eindringlinge. Luigi hatte vergessen, das Blaulicht auszuschalten und bot einen absurden Anblick, wie er mit seiner Carabinieri-Schärpe und dem zuckenden Licht bergauf strebte.

Axel hatte schon lange das Visier hochgeklappt und den Reißverschluss seiner Kombi bis zum Bauchnabel heruntergezogen, trotzdem lief ihm nun der Schweiß in die Augen. Mittlerweile fuhr er nur noch im ersten Gang, stand die meiste Zeit in den Rasten und fluchte innerlich über jedes Kilogramm der BMW, das er mit Gewichtsverlagerung und Lenkbewegungen unter Kontrolle halten musste.

Der Wanderweg wurde schmaler, verlor sich auf flachen Steinen und hörte schließlich ganz auf. Axel versuchte, Luigis Weg über die Steine zu folgen und seine Fahrtechnik zu imitieren. Dazu gehörte auch das Fahren im Schritttempo durch enge Kurven, mit schleifender Kupplung und dem Schwerpunkt des Körpers so weit wie möglich neben dem Motorrad. Axels Herz schlug in einem rasanten Trommelwirbel. Lange würde er dieses Fitnesstraining nicht mehr durchhalten. Mit schwindender Kraft ließ auch seine Fahrzeugkontrolle nach, während gleichzeitig der Schwierigkeitsgrad bei diesem Crashkurs im Endurofahren steil nach oben ging. Luigi rutschte an einer Wegbiegung mit einem Fuß von der Raste, schlingerte böse und konnte die BMW gerade noch davon abhalten, sich gemütlich auf die Seite zu legen. Axel näherte sich der problematischen Stelle mit wachsender Panik. Der Neunzig-Grad-Knick vor ihm verlangte extrem langsames Tempo und perfekte Dosierung von Bremse und Gas, einen radikalen Schwerpunktwechsel und sofort anschließend einen beherzten Spurt bergauf. Mit jeder Sekunde kam Axel näher an das Nadelöhr. Er spürte in sich eine Abneigung gegen diese Herausforderung wie ein Pferd beim Springreiten und war bereit, vor dem Hindernis zu scheuen, allerdings war er selbst der einzige Reiter, den er abwerfen konnte. Als er endlich an der Stelle angekommen war, ging alles ganz schnell. Seine Gashand entschied sich dafür, dem Problem einfach davonzufahren und machte den berühmten *Twist of the wrist,* der auf asphaltierten Rennstrecken manchmal die Rettung vor einem Sturz bringt.

Die BMW ignorierte die Biegung, sprang unbeschwert geradeaus auf das feuchte Berggras am Hang und wühlte sich bergauf. Axel stand schwankend in den Rasten, die Oberschenkel fast am Lenker, den Blick starr auf das Vorderrad fixiert. So verpasste er das Ende des Berghangs mit einem großen flachen Stein als Abschluss und katapultierte sich über diese Rampe nach oben auf die flache Bergwiese des Plateaus. Für eine Nanosekunde schwebte er in der Luft, lange genug, um den Namen *Evel Knievel* zu denken, dann krachte er in die weiche Wiese, verabschiedete sich über den Lenker von der Nine T und rollte mit mehreren ungewollten Judorollen langsam aus.

Benommen blieb er liegen. Er hörte Luigis BMW in Schrittgeschwindigkeit den Weg hinauftuckern, richtete sich auf und sah ihm zu, wie er seine BMW auf den Seitenständer stellte. Luigi begutachtete die Nine T, die still auf der Seite lag, kam dann zu Axel und hockte sich vor ihn.

»Der Maschine geht es gut. Wie hast du deinen Abflug überstanden?«

Axel grinste, um seine Schmerzen zu überspielen.

»Ich weiß jetzt, wo *Evel Knievel* seinen Namen her hat«, stieß er zwischen zusammengebissenen Zähnen hervor. »Solche Sprünge sind ziemlich evil für die Knie.«

Luigi lachte.

»Bravo Axel, du lässt dich nicht unterkriegen. Das Schlimmste liegt jetzt auch schon hinter uns. Auf der anderen Seite dieser Bergwiese geht es wieder bergab, aber viel sanfter als beim Aufstieg. Der Weg ist bei älteren Wanderern ziemlich beliebt.«

Axel stand vorsichtig auf. Die Kollateralschäden waren gering, weil er den Lenker bei seinem Abflug knapp verpasst und die weiche Wiese ihn bei der Landung freundlich aufgenommen hatte. Trotzdem wankte er zur Nine T, denn das dicke Knie, der blutende Zeh und die Wanderblase an der Ferse machten jeden Schritt zu einem kleinen Abenteuer. Die BMW hatte bei der Landung eine Kuhle in den weichen Boden gestanzt und als Luigi und er die Maschine jetzt aufrichteten, blieben die Umrisse des liegenden Motorrads im fetten Gras der Wiese zurück. Axel schwang sein lädiertes Bein über den Sattel und sah an der Nine T herunter. Sein schönes neues Motorrad war in den letzten vierundzwanzig Stunden um einige Jahre gealtert. Der Offroad-Einsatz hatte Dreck in die letzten Ecken und Rillen transportiert, die Kratzer von seinem Asphaltrutscher sahen auf den zweiten Blick doch ziemlich übel aus und an einem Zylinderkopf erkannte er rostrote Flecken von getrocknetem Blut aus seinem Zeh, vom Fahrtwind nach oben geweht. Aber das war nur Kosmetik. Viel wichtiger war die Frage, ob das Motorrad bereit war, die Arbeit wieder aufzunehmen.

Die BMW beantwortete diese Frage nach kurzem Nachdenken mit einem Ja, startete beim zweiten Versuch, verstummte röchelnd, sprang aber sofort wieder an und schnurrte dann im Stand, als wäre nichts geschehen. Luigi wartete bereits auf ihn.

»Auf geht's, Axel! Das Handysignal bewegt sich sehr langsam. Mit etwas Glück sind wir unten im Tal an der Straße, bevor das Fahrzeug vorbeifährt.«

Luigi bildete wieder die Vorhut, immer noch mit rotierendem Blaulicht. Nach der Kraxelei bergauf war das Dahinrollen auf dem ebenen Wanderweg der pure Luxus. Der Lenker der Nine T fühlte sich merkwürdig an, als würde er schief stehen. Vielleicht hatte er bei der Landung einen kleinen Schlag abbekommen, vielleicht waren aber auch nur die Gummiaufhängungen in der Gabelbrücke verschoben.

Bergdohlen flogen ihnen auf ihrem Weg über die Hochebene im Tiefflug voran und die Sonne lachte vom tiefblauen Himmel. Die Fernsicht war atemberaubend, wolkenfrei bis zum Horizont und garantiert etliche Höhenmeter näher am Himmel als vor vierundzwanzig Stunden auf dem Hausberg.

Am Ende des Plateaus konnte Axel gegen den hellen Himmel die Silhouetten von mehreren Wanderern erkennen, die um zwei große Holzbänke mit Fernsicht verteilt waren. Die Gruppe hatte ihre kleine Karawane bereits entdeckt und begutachtete andächtig den Anblick eines schneidigen Carabiniere und eines ramponierten Motorradtouristen, die sich anscheinend extrem verfahren hatten und nun versuchten, unter dem Einsatz von Blaulicht den Weg zurück in die Zivilisation zu finden. Auf der ersten Bank saß eine Gruppe von Damen, die Axel bekannt vorkamen.

»Hallo, junger Mann, hält das Pflaster noch?«

Axel erkannte die nette Spenderin von gestern mit ihren Freundinnen, nickte und winkte ihnen lachend zu. Die nächste Bank präsentierte eher missmutige Gesichter.

»Unverschämtheit, Sie Rowdy! Dies ist ein Wanderweg und kein Motorrad-Parcours.«

Kein Zweifel, hier saßen die nörgelnden Wanderer aus dem Evaldo. Axel salutierte, um klarzumachen, er war mit der Staatsmacht unterwegs und durfte hier sein. Luigi hatte seine Parade beobachtet. Er setzte sein Motorrad auf dem breiten Wanderweg neben Axel.

»Bekannt wie ein bunter Hund. Bist du im Nebenberuf Bergführer, oder woher kommt das?«

Axel nickte wortlos, denn er konzentrierte sich bereits wieder auf den Knick im Weg, der den Abstieg einleitete. Zu seinem Vergnügen war der Knick jedoch nur eine sanfte Abbiegung und der Weg setzte sich mit mildem Schwierigkeitsgrad fort. Sie kreuzten einen grasbewachsenen Hang bis zur Baumgrenze und folgten dem Weg bergab, wurden im zweiten Gang mit dem Motor als Bremse immer flotter, bis das Hinterrad in Kurven im weichen Untergrund auszubrechen drohte. Schließlich führte der Weg in einer sanften Linie am Berghang entlang und geleitete sie allmählich ins Tal. Axel genoss das mühelose Dahingleiten, lehnte sich zurück, stellte die Fersen auf die Rasten und drehte die Füße nach außen. Dieses Stück der Tour konnte man sogar mit einem Chopper entspannt fahren.

Ein merkwürdiges Schwirren legte sich über das leise Blubbern der beiden Motoren, wurde konstant lauter und kam näher. Axel blickte in den Rückspiegel, ohne etwas erkennen zu können. Im nächsten Augenblick waren sie von einem Dutzend Mountainbikes umzingelt, die in voller Schussfahrt bergab rasten und sich dabei dicht gedrängt ein Rennen lieferten. Ein Gewirr von Regenbogenfarben schloss sich um sie, als die Fahrer in ihren bunten Trikots an ihnen vorbeipreschten. Axels Ellenbogen stieß gegen einen der Fahrradlenker, brachte den Mountainbiker aus dem Gleichgewicht und zwang ihn zu einer Vollbremsung mit querstehendem Hinterrad. Dann war die Gruppe Bergradfahrer schon um die nächste Kurve und verschwand mit leiser werdendem Sirren bergab. Axel war alles andere als ein begeisterter Radfahrer, aber *Downhill* stellte diese Fortbewegungsart offensichtlich eine attraktive Alternative zum Motorradfahren dar.

Der Weg endete mit einer endlosen Schlussgeraden auf einem Parkplatz voller Autos vor einem mehrstöckigen Holzhaus. Unter langen Markisen saßen jede Menge Touristen bei Kuchen oder Braten auf einer Restaurantterrasse und genossen die Aussicht. Luigi hielt an. Axel parkte neben ihm, schaltete die BMW aus und schwang sich aus dem Sattel. Während Luigi sich über Funk eine Aktualisierung der Handy-Ortung holte, ging Axel mühsam auf die Knie, beugte sich vor und verneigte sich wie zum Gebet, bis sein Helm den Boden berührte. Er wollte ihn küssen, den soliden, platten, freudestrahlenden Asphalt. Als er sich wieder aufrichtete, blickte er in zirka dreißig Augenpaare der Ausflugstouristen. Die Redensart *Bauklötze staunen* machte durchaus Sinn, fand er.

»Axel!«

Luigi brachte ihn wieder in die Senkrechte. Er trat zur BMW mit dem rotierenden Blaulicht.

»Das Handy scheint sich nur noch sehr langsam zu bewegen. Es gibt hier nicht viele Sendemasten, deshalb ist die Ortung vielleicht fehlerhaft. Jedenfalls sollten wir sehr bald dort sein.«

Axel aktivierte die Nine T. Nach dem Schock durch den Transporter ohne Paul als Passagier versuchte er nun, ohne Erwartung weiterzufahren. Wenn Paul nicht bei seinem Handy war, würde er ihn einfach weiter suchen. So lange, bis er ihn gefunden hatte.

Die Fahrt auf dem glatten Asphalt war eine Wohltat und ein ungeheurer Luxus. Auch die BMW freute sich, endlich wieder eine ordentliche Straße unter den Reifen zu haben und bedankte sich mit schnurrendem Motorgeräusch. Im Tal glänzte ihr Ziel, die breite Staatsstraße in Richtung Bruneck, aber noch mussten sie sich gedulden und am Berghang entlang weiter innerhalb der Baumgrenze weiterfahren. Dann tauchte das erste Haus auf, bald wurden es mehr und schließlich fuhren sie durch ein Dorf mit Kirche und Supermarkt. Axel kam sich wie ein Expeditionsteilnehmer vor, der nach Wochen in der Wildnis wieder in die Zivilisation zurückkehrt.

Kurz nach dem Ort konnte er zum ersten Mal seit Cortina wieder in den dritten Gang schalten. Die einhundert Stundenkilometer, die ihm der Tacho nun anzeigte, kamen ihm wie irrsinnige Raketengeschwindigkeit vor. Allerdings gewöhnte er sich sehr schnell wieder an das Tempo und spürte das altbekannte Zucken in der Gashand. Er wollte mehr von dem Teufelszeug. Die Straße machte aber ein paar enge Schwünge bis ganz hinunter ins Tal und dann war sie endlich da, die Strada Statale und ließ sie anhalten. Luigi wies wie ein indianischer Kundschafter mit einer Handbewegung nach links und fuhr los. Axel folgte, unvernünftig dicht an seinem Hinterreifen. Luigi schien widersprüchliche Hinweise zu empfangen, denn er bremste, beschleunigte wieder und ging dann doch vom Gas. Er blickte nach links auf den Hang und schien nach etwas zu suchen. Schließlich setzte er den Blinker und bog auf eine kleine Straße ab, die sich in engen Kehren über Kieshänge bergauf schlängelte. Ein Wildbach prasselte auf direktem Weg ins Tal, bildete auf seinem Weg manchmal große Pools und Staubecken. Die Straße schien zu keiner Ortschaft zu führen, öde und menschenleer lag die steinige Landschaft da, nur ein großer Raubvogel kreiste, spitze Pfiffe ausstoßend, langsam über ihnen. Luigi wandte sich zu Axel um und signalisierte mit angezogenen Schultern Ratlosigkeit.

»Irgendwo hier«, brüllte er über seine Schulter. Axel ließ den Blick schweifen. Er wollte ein Auto entdecken, einen Kastenwagen oder Kleintransporter, irgendein Fahrzeug, in das Paul eingesperrt sein konnte, aber soweit sein Auge reichte waren sie alleine auf der Straße. Was, wenn Pauls

Entführer das Smartphone hier irgendwo aus dem Fenster geworfen hatte? War die Handy-Ortung genau genug, um sie zu der Stelle zu lotsen? Axel mochte nicht weiter darüber nachdenken. Er wollte kein Handy finden, sondern Paul aus seiner Gefangenschaft befreien.

Sie folgten einer weiteren Kehre bergauf und einer letzten Kurve, dann waren sie auf der Spitze des Hangs angekommen. Die Straße führte weiter am Hang entlang und dann wieder ins Tal, durch flache Steinlandschaft, auf der kein Fahrzeug zu sehen war. Axel hielt an einem großen Stapel von Baumstämmen, die mit farbigen Punkten markiert auf einer freien Fläche lagen. Er war orientierungslos. Sollte er weiterfahren und sich vom angeblichen Handyfundort entfernen? Er stellte die BMW ab, klappte das Visier auf und machte ein paar Schritt zu einem natürlichen Aussichtspunkt an der Abrisskante des Hangs. Ein gigantischer Steinbruch tat sich vor ihm auf, steile Hänge aus Geröll und Kieselsteinen zogen sich bis hinunter zur Straße. Weit unter ihm stürzte ein mächtiger Wasserfall mit viel Getöse ins Tal. An einem Hang auf halber Höhe zwischen ihm und dem Wasserfall konnte er einen kahlen Stamm erkennen, die Überreste eines Baumes, der von den Steinlawinen ausgehungert worden war. Eine wilde, raue Landschaft, aber kein Ort, an dem ein Auto versteckt stehen konnte. Axel kniff die Augen zusammen. Die hellen Steine reflektierten das Sonnenlicht mit schmerzhafter Intensität. Er schloss die Augen und öffnete sie vorsichtig einen Spalt. Der kahle Stamm an der Kante des Hangs unter ihm hatte sich bewegt. Das war unmöglich. Ein Hitzeflimmern, eine Sinnestäuschung, mehr konnte das nicht gewesen sein. Axels Augen tränten, als er den Stamm mit höchster Konzentration fixierte. Ohne Zweifel, das Ding hatte sich wieder ein Stück zur Kante hin bewegt. Axel holte tief Luft.

»Hallo! Ist da jemand?«

Axel brüllte so laut er konnte. Das ohrenbetäubende Donnern des Wasserfalls stieg zu ihm auf. Die Silhouette da unten bewegte sich weiter Richtung Abgrund.

»Hallo! Paul!«

Axel schrie, bis seine Stimme kippte. Was immer sich da unten bewegte, es konnte ihn unmöglich gegen den Lärm des Wasser hören. Er machte einen Schritt bis zur Kante und stellte sich vorsichtig an den äußersten Rand. Direkt unter ihm fiel der Hang steil ab, zog sich in einer ruhenden Steinlawine bis zum Wasserfall und dann bis zur Straße ganz unten im Tal. Die Silhouette bewegte sich wieder, war jetzt nur noch einen Schritt vom Abgrund entfernt.

»Paul! Nicht weitergehen! Stopp!«

Das Ding schien innezuhalten. Drehte sich auf der Stelle. Ein Lichtreflex fiel auf Axels Augen. Rot. Ein roter Fleck. Rote Kombi. Paul!

Axel machte einen Schritt nach vorne. In den Zeichentrickserien seiner Kindheit konnte der Road Runner in der Luft stehen, solange er noch nicht wusste, dass er gerade ins Bodenlose stürzte, aber Axels Kindheit lag lange zurück und er war nicht der Road Runner. Also kippte die Schwerkraft ihn auf die Schräge aus rutschenden Steinen. Ihm gelang ein kontrollierter Schritt bergab, der zweite war schon merklich beschleunigt und schmerzhaft weiter als sein normales Schrittmaß und der dritte Schritt endete in einem ungewollten Hechtsprung bergab.

Huch, dachte Axel, während der erste Aufprall sein Visier

zuklappen ließ. Von da an war er so hilflos, als würde er in einem Fass die Niagara-Fälle hinabstürzen. Axel überschlug sich einmal, zweimal und dann noch ungefähr drei Trillionen Mal. Die Steine waren überall und knirschten, verärgert über die Ruhestörung. Zwischendurch kam er für kurze Zeit zum Stillstand und rutsche ein paar Meter auf dem Rücken weiter, nur um wieder beschleunigt und in einen neuen Schleudergang gesteckt zu werden. Wie lange war er unterwegs? Wo war oben, wo unten? Dann keine Fragen mehr, nur noch Gewirbel. Und schließlich ein finales Ausrollen, ein letztes Übereinanderschlagen der verdrehten Beine.

Axel öffnete die Augen. Der blaue Himmel über ihm drehte sich weiter, obwohl er sich nicht mehr von der Stelle bewegte. Sicherheitshalber blieb er liegen. Nach einem Sturz auf der Rennstrecke war er einmal zu früh aufgestanden, nur um zu realisieren, dass er in Wahrheit immer noch mit etlichen Stundenkilometern über den Asphalt rutschte. Schließlich beruhigte sich der Himmel ein wenig und entschied sich für eine Stelle, an der er fürs Nächste bleiben wollte. Vor ihm knirschten Steine und dann stellte sich etwas zwischen ihn und die Sonne. Axel versuchte zu erkennen, was da stand. Es war lang, rot und schwankte.

»Paul?«, fragte Axel in seinem geschlossenen Helm.

»Hmmm«, kam als Antwort. »Hmmm Hmmm!«

Das hörte sich dringlich an. Axel richtete sich mühsam auf, drehte sich auf die Seite, dann auf Hände und Knie und schließlich setzte er einen Fuß auf die Steine und stand auf.

»Paul!«

Sein Freund stand vor ihm, graues Tape um die Augen und den Mund, die Hände auf dem Rücken.

»Mensch, Paul!«

Axel öffnete sein Visier.

»Warte, alter Junge.«

Mit zitterndem Finger kratzte Axel am Tape über Pauls Augen, erwischte eine Abreißkante und zog das Klebeband vorsichtig über Augenbrauen, Wimpern und Lachfältchen weg vom Kopf. Dann zwängte er einen Zeigefinder links von Pauls Mund hinter das Band, aber das war mehrfach übereinander geklebt und zu stabil, um es zu zerreißen. Also schob er den zweiten Zeigefinder auf die andere Seite des Mundes und zerrte mit aller Kraft nach unten. Paul protestierte nicht, sondern half so gut er konnte. Das Klebeband löste sich mit einem hässlichen Geräusch von der Gesichtshaut und ließ sich bis zum Kinn herunterziehen.

»Bsehbrohum«, machte Paul und bewegte probeweise den Kiefer. »Das Dreckschwein hat nur zehn Minuten Vorsprung. Der Typ hat mich eben erst hier abgeladen. Wir müssen hinterher!«

Axel war froh. Er hatte Paul gefunden und der war trotz allem, was er in der Zwischenzeit durchgemacht hatte, der Alte geblieben.

»Mal langsam, Paul. Du hast jetzt Pause. Ich bin mit der italienischen Polizei hier. Der Kollege kommt gleich, dann sehen wir weiter.«

Paul blickte Axel an, ein schräges Grinsen im Gesicht.

»Du hast ganz schön lange gebraucht, mein Freund. Ich dachte schon, du kommst heute nicht mehr.«

Axel blickte Paul empört an. Der starrte unverdrossen zurück. Dann begannen beide zu kichern, fielen in ein hysterisches Lachen und ließen sich zu Boden fallen, wo sie gackernd und wimmernd liegen blieben.

11.

»Du siehst ganz schön mitgenommen aus, Dicker.«

Axel drehte den Kopf und sah sich Paul an, mit wilden Haaren und dem Klebeband unter dem Kinn.

»Musst du gerade sagen«, erwiderte er.

»Na ja, ich konnte mich in den vergangenen vierundzwanzig Stunden nicht wirklich um meine Körperpflege kümmern, mir waren die Hände gebunden, wenn du weißt, was ich meine. Aber warum hast du deine schicke Kombi so misshandelt?«

Axel sah an sich herunter auf die Lederkombi, die nach seinem Stunt als lebende Steinlawine ziemlich *prewashed* aussah. Das Leder war gleichmäßig zerkratzt und abgescheuert, die Farbe nur noch matt.

»Ich musste meinen Freund davor retten, einen Schritt in den Abgrund zu machen. Außerdem soll die Kombi ja zum Motorrad passen. Die Nine T hat auf der Suche nach dir ebenfalls ein wenig gelitten.«

Motorgeräusch kam näher und schon bald sah Axel Luigi, der auf der Straße bergab gefahren war und anscheinend eine Abzweigung zum Wasserfall entdeckt hatte, denn nun fuhr er im Schritttempo auf dem knirschenden Kiesweg zu ihnen herüber. Axel stand mühsam auf. Der ganze Körper schmerzte, als wäre er einen endlosen Steinhang hinuntergepurzelt. Und genau das war er ja auch. Sie sahen Luigi dabei zu, wie er die BMW abstellte und zu ihnen kam.

»Paul, das ist Luigi, dein Kollege. Ohne ihn hätte ich dich nicht gefunden.«

»Ich würde dir ja gerne die Hand geben, Luigi, aber ein

Paar Handschellen auf meinem Rücken halten mich davon zurück.«

»Buon giorno, Paolo. Ich vermute, ich kann dir helfen.«

Luigi öffnete eine kleine Tasche auf dem Halfter seiner Handschellen am Gürtel und holte Schlüssel heraus. Anscheinend gab es noch keine EU-Norm für Schlösser der nationalen Polizeihandschellen, denn er brauchte etliche Versuche, aber schließlich hörte Axel trotz des Gebrülls des Wasserfalls das leise Klack-Geräusch, mit dem sich die Handschellen öffneten. Paul bewegte seine Arme vorsichtig nach vorne und massierte sie sanft.

»Was für ein tolles Gefühl! Arme sind schon etwas Feines.«

Schließlich hatte er genug Kontrolle über seine oberen Extremitäten wiedergefunden, um Luigi tatsächlich die Hand hinzustrecken.

»Also vielen Dank für die Hilfe, Luigi. Ich nehme an, mein Smartphone hat euch hergeholt.«

»Ja, das Signal war bis auf hundert Meter Streuung zu lokalisieren. Aber wieso hast du das Gerät überhaupt noch und wieso bis du hier draußen und nicht in einem Auto? Vor einer Stunde hat sich das Signal ja noch schneller bewegt.«

»Um vorne anzufangen – gestern wurde mir plötzlich klar, was ich am Abend vorher mitgehört hatte und ich bin sofort zurück ins Hotel. Mein Rennfahrer-Kollege hier musste nämlich unbedingt die italienischen Verkehrsregeln ignorieren und sehr flott auf der Landstraße Richtung Sellajoch unterwegs sein. Es hätte zu lange gedauert, ihn einzuholen. Als wir vom Evaldo losfuhren, stand der grüne Transporter noch auf dem Parkplatz, ich wollte nicht riskieren, zu spät zu kommen.«

»Du hast kapiert, dass es um das Klauen von Motorrädern ging?«

»Ja klar, der Spruch über die Harleys kam von dem Mann mit Schnurrbart, der am Tisch hinter der Säule gesessen hatte. Den hatte ich beim Losfahren am Transporter gesehen. Aber noch viel wichtiger war die Bemerkung über Crystal. Dir ist das doch auch klar geworden?«

Axel schüttelte den Kopf.

»Diese Erkenntnis verdanke ich alleine Eva. Sie war die Einsatzzentrale und hat die Suchaktion von Köln aus geleitet.«

»Meine Eva ... Das sieht ihr ähnlich. Ich werde mich gleich bei ihr melden. Aber zuerst muss eine Fahndung raus. Obwohl ich kaum beschreiben kann, wonach wir suchen.

Auf dem Parkplatz gestern war ich gerade an der Tür des grünen Transporters, als ich von hinten einen Elektroschocker an den Hals bekam und geblendet und geknebelt wieder aufwachte. Ich lag auf Kunststoffbeuteln, dem Motorgeräusch nach im Laderaum eines Kleintransporters. Und nicht auf einer glatten Ladefläche neben Motorrädern. Es muss zwei Fahrzeuge und zwei Fahrer geben, der Typ, der mich eben hier rausgeschmissen hat, hatte eine andere Stimme als der Mann mit dem Schnurrbart aus dem Evaldo. Eine markante Stimme, aber schwer zu beschreiben, irgendwie heiser.«

»Keine Personenbeschreibung, kein Fahrzeugtyp? Ein Fahrzeug mit Kunststoffbeuteln im Laderaum und ein Fahrer mit heiserer Stimme?«, fragte Axel.

Luigi verdrehte die Augen.

»Das gebe ich durch, aber eine echte Fahndung wird das nicht. Mit diesen Angaben kann man den touristischen Verkehr Richtung Norden nicht kontrollieren, mehr als Stichproben sind damit nicht möglich.«

Luigi ging zurück zur BMW und suchte Funkkontakt zu seiner Zentrale.

»Ehrlich gesagt bin ich froh, nicht mehr zur Fahndung beitragen zu können.«

Paul sah Axel in die Augen.

»Wenn ich das Gesicht des Heiseren gesehen hätte, wäre ich jetzt wahrscheinlich tot. Das hat er mir versprochen. Und mir dabei zur Bekräftigung ein Stück kalten Stahls an die Schläfe gehalten. Ich würde unbesehen behaupten, das war der Lauf einer Pistole.«

Axel realisierte mit Entsetzen, dass Paul zitterte. Der Stress der Entführung hatte seinem Freund anscheinend doch böse zugesetzt.

»Andererseits hätte ich dann eine größere Chance, diese Ratte aufzustöbern. Genau das werde ich nämlich tun, das verspreche ich dir.«

Axel kapierte voller Freude, nicht Angst, sondern Wut brachte Paul zum Zittern.

»Der Heisere hatte mich nicht gut genug durchsucht und das Smartphone in meiner Brusttasche übersehen. Ich habe mich eine Stunde lang wie ein Fisch auf dem Trockenen gewunden, bis ich das Gerät aus der Tasche draußen hatte. Heute früh vor dem Losfahren kam er in den Wagen und hat es gefunden. Dem war klar, ihr könnt die Signale des Geräts orten. Er hat es mir wieder in die Tasche gesteckt und mich hier ausgesetzt, damit er einen Vorsprung kriegt. Und das ist ihm ja auch gelungen.«

Pauls Stimme bekam einen metallenen Klang.

»Für den Heiseren war es eine eiskalte Kosten-Nutzen-

Rechnung, mich am Leben zu lassen. Ich habe ihn nicht gesehen und kann ihn nicht beschreiben. Mit einer Leiche im Auto fährt man nicht so gerne durch eine Grenzkontrolle. Falls er erwischt wird, gibt es keine Anklage wegen Mord. Ich bin mir sicher, der Typ hätte mich sonst ohne Skrupel kalt gemacht.«

Luigi kam zurück zu ihnen.

»Die Kollegen sind informiert. Vielleicht gelingt ein Glückstreffer an einem Grenzübergang.«

»Mit deinen Selfies hast du uns ganz schön verwirrt«, sagte Axel schnell, um Paul auf ein anderes Thema zu bringen.

»Wie bitte? Was für Selfies?«

Axel holte wortlos sein Xperia heraus und zeigte Paul die Bilder.

»Ich kenne dich ja ganz gut, aber deine Nasenflügel habe ich auf den Fotos nicht wiedererkannt.«

Paul starrte fassungslos auf die Facebook-Seite.

»Das ist ja irre. Ich habe stundenlang versucht, blind und nur mit meiner Nasenspitze als Bedienwerkzeug zu telefonieren. Mein Smartphone ist neu, deshalb konnte ich mich an das Menü auf dem Display nicht besonders gut erinnern. Ich glaube, ich habe eine Million mal mit meiner Nase darauf herum gewischt, ohne die Telefonfunktion aufrufen zu können. Meine Augen waren total blickdicht verklebt, noch nicht mal den Blitz direkt vor meinen Augen habe ich wahrgenommen.«

»Wir haben dich oft angerufen«, ergänzte Axel.

»Ja klar, es hat geklingelt, aber dran gehen konnte ich nicht. Selbst wenn, hätte ich nur stöhnen können. Offensichtlich bin ich die ganze Zeit nicht aus der Kamera-Funktion und dem Facebook-Postingprogramm rausgekommen. Diese App funktioniert teuflisch gut.«

Paul wandte sich an Luigi.

»Wahrscheinlich ist es dir nicht klar, aber du hast mir viel Kraft gegeben, in den vergangenen vierundzwanzig Stunden nicht den Mut zu verlieren.«

Luigi machte große Augen.

»Das freut mich zu hören, aber wie ist mir das gelungen?«

»›Versuch ruhig zu bleiben. Ich habe das Gefühl, Paul ist ganz in der Nähe‹.«

»Bitte?«, fragte Luigi verwirrt.

»Das waren deine Worte, gestern auf dem Parkplatz. Ihr müsst direkt vor dem Auto gestanden haben, in dem ich lag. Ich habe so laut es ging herumgemuht, aber der Bach war wahrscheinlich lauter. Jedenfalls dachte ich, das ist ein Mann, der nicht so schnell locker lässt. Der gibt nicht auf, bis er dich gefunden hat.«

»Schwarzer Vito!«, rief Axel. »Neben dem grünen Transporter mit den Motorrädern stand ein schwarzer Mercedes Vito Kleintransporter mit deutschem Kennzeichen! Reicht das für eine Fahndung? Und übrigens, auf die Kunststoffbeutel im gesuchten Fahrzeug sollte jeder Drogenhund anschlagen, der auf Meth trainiert ist.«

»Super, Axel! Das erhöht die Chancen. Gebe ich sofort weiter.«

Paul und Axel sahen Luigi dabei zu, wie er die neuen Informationen in sein Funkgerät sprach.

»Du meinst, ich habe eine Nacht auf ein paar Quadratmetern Crystal Meth verbracht«, sagte Paul versonnen. »Abgefahrene Vorstellung. Das werde ich zu Hause meinen

Kollegen erzählen. Ich habe gestern in meinem Drogengefängnis noch etwas gehört. Wird dir nicht gefallen, Axel.«

»Raus mit der Sprache. Was hast du gehört?«

»Ich war noch nicht lange wieder bei Bewusstsein und lag da, versuchte, mich zu orientieren. Der Heisere sprach mit jemandem, auf Italienisch. Ich habe lange darüber nachgedacht. Ich kenne die Stimme.«

»Mach es nicht so spannend, Paul. Wer war das?«

»Die nette Bedienung, mit der du unbedingt tanzen wolltest. Stella!«

Axel verschlug es die Sprache.

»Die beiden haben gestritten, zumindest hörte es sich so an. Ich spreche kein Italienisch. Auf jeden Fall hat sie mit meinem Entführer gesprochen.«

»Das muss nichts bedeuten. Als Hotelpersonal spricht man mit einem Gast, oder?«

»Jaja. Du bist Kripo-Kommissar, Axel. Mach daraus, was du willst.«

»Das werde ich. Ich spreche sie darauf an. Wir wollten ohnehin zurück ins Hotel.«

»Aber wie kommen wir zu dritt hier weg?«

Axel bewegte vorsichtig die Arme. Sein Körper protestierte lautstark gegen die Bewegung. Wahrscheinlich hatte er sich eine feiste Ganzkörperprellung eingehandelt. Er sah Paul an.

»Du hast seit vierundzwanzig Stunden nichts gegessen und getrunken. Bist du fit genug, um eine Nine T kontrollieren zu können?«

Paul lachte herzlos.

»Mein lieber Junge, dein Moped ist ein Retro-Motorrad. Das bedeutet, es tut so, als sei es ein echtes Bike. Das fahre ich einhändig und lese dabei noch Zeitung, wenn es sein muss.«

»Na gut, du Superbiker. Ich habe deinen Helm in meiner Gepäckbox. Dann fährst du die BMW und ich bitte Luigi, mich hintendrauf mitzunehmen.«

»Kein Problem«, sagte Luigi, der in der Zwischenzeit wieder zu ihnen gekommen war. »Komm, Paul, ich fahre dich zu Axels BMW. Auf dem Rückweg holen wir ihn an der Straße ab.«

Die beiden machten sich auf den Weg. Luigi wendete zuerst die BMW vorsichtig auf dem Kies und bot Paul dann einladend den Rest der Sitzbank an. Der schob sein langes Bein zwischen Luigis Rücken und dem Blaulicht über die Bank und machte es sich bequem. Er klammerte sich an Luigi, den er um Haupteslänge überragte. Die beiden boten einen lustigen Anblick, als sie im Schritttempo über die Steine Richtung Straße rollten. Axel drehte sich noch einmal um. Der Wasserfall stürzte sich weiter unter dem blauen Himmel ungerührt ins Tal und bot eine imposante Kulisse. Ein perfekter Tag für eine Bergtour. Stella würde die geplante Wanderung garantiert antreten. Axel wusste, wo er sie finden konnte.

Er ging langsam zur Straße. Das dicke Knie, die Blase an der Ferse und die Prellungen ergänzten sich wunderbar, jeder Schritt war eine gemeine, bösartige Quälerei. Deshalb hatte er die Straße erst erreicht, als die beiden BMWs schon den Hang heruntergerollt kamen. Paul hatte Axels Helm mit den Handschuhen darin auf den Tank der Nine T gelegt und brachte ihn nun zu Axel.

»Normalerweise würde ich mich weigern, solch ein schlecht gepflegtes Motorrad überhaupt zu fahren, aber es handelt sich ja um einen Notfall. Was um Gottes Willen hast du damit angestellt?«

Axel zeigte zur Tofana, die nicht weit entfernt den Himmel zu berühren schien.

»Siehst du dieses Bergmassiv?«

»Ja. Und?«

»Da sind wir rüber, auf direktem Weg. Mit diesen Kisten hier. So viel zum Thema Retro, du Wachtmeister.«

Er zog Helm und Handschuhe über und begutachtete missmutig seinen Platz als Beifahrer auf Luigis BMW. Die erste Hürde nahm er noch ziemlich sportlich und fädelte sich auf seinem Sitzplatz ein. Schwerer war es, die Füße auf die Fußrasten zu stellen und die Schmerzen in den angezogenen Beinen länger als dreißig Sekunden auszuhalten. Aber wirklich anstrengend wurde es, nachdem sie die schnelle Straße unten im Tal erreicht hatten. Luigis Speed erschien Axel als unangemessen schnell, Überholvorgänge als aberwitzig und Bremspunkte weit jenseits jeder menschlichen Vernunft. Nachdem er dem armen Luigi ein weiteres Mal mit einem panischen Klammergriff die Luft abgeschnürt hatte, ging der vom Gas, drehte sich so weit es ging zu Axel um und beschwerte sich.

»Aaaxäl, wenn du nicht augenblicklich mit dem Quatsch aufhörst, fahre ich rechts ran und du musst den Rest der Strecke laufen. Wenn du mir beim Fahren nicht zusehen kannst, dann mach doch bitte die Augen zu!«

Axel versuchte den Vorschlag umzusetzen und schloss die Augen. Die Intensität seiner Sinneseindrücke schien sich daraufhin zu verdoppeln. Der Wind heulte wie ein Kettenhund, die Beschleunigungskräfte saugten ihm das Blut aus dem Gehirn und fremde Motorgeräusche schienen aus weniger als fünf Zentimeter Entfernung an sein Ohr zu dringen. Schließlich bremste Luigi so heftig, dass Axel die Augen aufriss in der Erwartung, eine Sekunde später gegen einen LKW zu prallen. Aber da war nur ein Kleinwagen etliche Meter vor ihnen, auf den sie gemächlich aufschlossen. Axel hielt die Augen offen und ergab sich seinem Schicksal.

Die Fahrt durch Arabba erschien ihm wie ein Triumphzug. Sie brachten den verschollenen Sohn zurück nach Hause, unversehrt und ungebrochen. Sie hatten Verbrecher gestellt und Berge bestiegen, waren gestürzt, aber immer wieder aufgestanden, bis sie ihr Ziel erreicht hatten. Eigentlich sollte die Bevölkerung links und rechts der Straße eine Gasse bilden, applaudierend und mit freudigen Rufen. Aber alles was sie ernteten waren mitleidige Blicke auf Axel, der in seiner zerstoßenen Kombi hinter Luigi hockte. Wahrscheinlich ein verunglückter Motorradfahrer, ein Raser, der sich überschätzt und sein Motorrad in einen Haufen Stahlschrott verwandelt hatte.

Zumindest im Evaldo wurde ihnen eine gewisse Aufmerksamkeit geschenkt. Ein Teil des *Motorrad*-Teams belud gerade einen VW-Bus mit Equipment und Björn hielt den Daumen hoch, als er Paul auf Axels BMW erkannte. Auch Huber kam sofort hinter dem Tresen hervor, schüttelte allen enthusiastisch die Hand und ließ sofort eine Flasche Wasser für Paul kommen. Eine gute Idee, wie sich herausstellte, als sie alle dabei zusahen, wie Paul die Flasche ansetzte, den Kopf in den Nacken legte und sie mit geschlossenen Augen leerte. Er öffnete die Augen wieder, sah ihre Blicke und griff sich den Zimmerschlüssel, den Huber auf den Tresen gelegt hatte.

»Ihr werdet verstehen, nach einem Tag in dieser Kombi,

mit auf den Rücken gebundenen Händen, brauche ich jetzt dringend eine Dusche. Und irgendetwas zu Essen wäre toll, deftig und reichlich. Aber vorher telefoniere ich mit Eva. Wir sehen uns später.«

Paul ging aufs Zimmer. Luigi zog sich zum Telefonieren zurück und Axel nutzte die Gelegenheit, um sich mit Huber zu unterhalten.

»Stella erzählte mir gestern, sie würde heute nach der Arbeit eine Tour auf den Piz Boe starten.«

»Jaja, das stimmt. Wir Einheimischen machen eigentlich so gut wie nie Ausflüge in die schöne Landschaft um uns herum. Aber Stella liebt die Berge wirklich. Und sie ist fit. Wahrscheinlich ist sie schon wieder auf dem Rückweg.«

»Gibt es eine Stelle, wo ich auf sie warten kann und sie garantiert nicht verpasse? Wandern kommt für mich allerdings nicht in Frage. Ich kann noch nicht einmal schmerzfrei geradeaus gehen.«

Huber blickte an seiner lädierten Kombi herunter und nickte.

»Verstehe. Stella parkt ihr Auto am Pordoijoch. Bergab nimmt sie die Seilbahn, weil es sonst zu spät wird. Ein roter Cinquecento. Der gehörte früher mal einem Cousin mütterlicherseits von Stellas und meiner ... Mir fällt das deutsche Wort für diesen Teil einer Familie leider gerade nicht ein. Den Wagen werden Sie jedenfalls kaum übersehen können.«

»Pordoijoch, sagen Sie? Da finde ich hin. Wenn mein Kollege nach mir fragt, dann bestellen Sie ihm bitte, ich sei bald wieder zurück im Hotel.«

Luigi kam stirnrunzelnd zu Axel.

»Ich verstehe das nicht. Meine Kollegen haben kurz vor

Bruneck abseits der Straße einen ausgebrannten Vito gefunden. Ohne Kennzeichen, die schwarze Farbe war noch zu erkennen. Natürlich keine Spur von Drogen im Fahrzeug. Wenn ein Deutscher hier das Meth aus Slowenien übernommen hat, warum fährt der nicht so schnell wie möglich über die Grenze? Und woher hat der die lokale Logistik, um hier das Fluchtfahrzeug zu wechseln?«

»Was wäre, wenn der eigentlich hier aus der Region kommt? Und sich auf die Hilfe seiner weitläufigen Familie verlassen kann?«

»Wir reden über einen Kriminellen, oder? Ich glaube, deine Vorstellungen über die italienische Familie stammen hauptsächlich aus schlechten Mafia-Filmen. Natürlich kann der sich nicht blind auf die Hilfe seiner Familie verlassen, wenn die über seine Aktivitäten im Bilde ist.«

Axel bekam sofort ein schlechtes Gewissen.

»Du hast Recht«, sagte er. »Ich bin wohl auf meine eigenen kulturellen Vorurteile hereingefallen.«

»Kein Problem, Aaaxäl. Übrigens, Pauls Motorrad ist bei der Polizeistation in Cortina gelandet und kann dort abgeholt werden. Dem CBR-Fahrer aus dem Albergo Corona hat man schon Bescheid gesagt.«

»Wow! Super, vielen Dank, Luigi. Auch für die ganze Hilfe und diesen verrückten Tag. Ich werde nicht vergessen, wie du oben an der Kante diese Trial-Sektion mit null Fehlern absolviert hast.«

»Na, dein Jump war aber auch nicht von schlechten Eltern. Wir sehen uns später. Am Abend komme ich noch einmal ins Hotel.«

Axel begleitete Luigi vor das Evaldo. Er sah zu, wie er sich fertigmachte und dann losfuhr. Luigi sollte von Axels

Ausflug zum Pordoijoch nichts erfahren. Bis zum Beweis des Gegenteils ist ein Verdächtiger unschuldig und kein Thema für die Polizei. Ein Verhör von Stella würde Luigi außerdem garantiert in einen Konflikt bringen, vor dem Axel ihn zunächst bewahren wollte.

Axel ging zur Nine T und zog Helm und Handschuhe über. Er fühlte sich alt und steif, das Fahrvergnügen würde sein malträtierter Körper in Grenzen halten. Aber er hatte sich schon wieder ein wenig erholt, schlimme Schmerzen standen ihm nicht bevor. Er lenkte die BMW zur Straße und rollte wieder durch Arabba. Erst der dritte Tag in der Region und schon kam ihm alles vertraut vor, kein Wunder nach dem Intensiv-Kurs der vergangenen achtundvierzig Stunden voller Kurven, Berge und Ortschaften.

Motorradsportlicher Ehrgeiz fehlte ihm auf dem kurzen Stück bis zum Pordoijoch, er hatte es nicht eilig. Der touristische Verkehr war auf seinem täglichen Höhepunkt, die Dichte an Fahrzeugen hoch und die Aufmerksamkeit der Autofahrer nach Pasta oder Kuchen, vielleicht auch schon nach dem ersten Weißbier des Tages, eher niedrig. Auf der Promenade von Restaurants, Cafés, Souvenirläden und Aussichtspunkten am Joch standen die Touristen dicht an dicht, starrten voller Ehrfurcht auf die Berge um sie herum. Schwarze Striche zogen sich von den Gipfeln zu seiner Linken bis ins Tal und wiesen ihm den Weg zur Station der Seilbahn.

Als er näher kam, erkannte er auch eine weiß-rote Kabine auf dem Weg nach unten. Sie glitt gemächlich aus luftigen Höhen ins Tal und schwankte ganz leicht an den langen Stahlseilen, die vom Bergkamm bis zur Straße gespannt waren. Die Aussicht von dort oben musste gigantisch sein, ein Fernblick, der sich mit jedem Meter Fahrt ins Tal veränderte.

Ein riesiger weißer Reisebus schlängelte sich vom Parkplatz und blockierte die Straße. Axel blickte hoch zu drei Dutzend Sonnenbrillen an den Fenstern des Busses, hinter denen ihn ebenso viele Augenpaare beobachteten, gierig nach Ablenkung. Er nutzte die Verzögerung, um nach rechts auf den Parkplatz abzubiegen. Die Zufahrt war fast vollkommen blockiert, so dicht standen hier die Autos, aber die Nine T absolvierte einen Slalomparcours zwischen allen Hindernissen. Axel flanierte mit der BMW an Kombis von fröhlichen Großfamilien und Limousinen mit schweigenden Pärchen entlang, immer auf der Suche nach einer vierzig Jahre alten roten Beule der Marke Fiat. Direkt an der Straße blieb seine Suche erfolglos und auch auf dem etwas weiter abseits gelegenen Parkplatz fand sich kein Cinquecento. Axel wunderte sich, denn wenn Stella bereits auf dem Rückweg nach Arabba gewesen sein sollte, hätte sie ihm auf der Fahrt zum Pordoijoch in jedem Fall entgegenkommen müssen.

Schließlich entdeckte er den kleinen roten Wagen ganz dicht am Eingang zur Seilbahn-Station, frech zwischen zwei Blumenkübeln geparkt. Wahrscheinlich waren die Dolomiten eine gigantische Freiparkzone für alle Fahrzeuge mit einheimischen Kennzeichen. Er stellte die BMW keck direkt hinter den Fiat, verstaute Helm und Handschuhe auf dem Tank und ließ sich auf einer schmalen Betonmauer neben einem großen Schaubild nieder. *La Terrazza delle Dolomiti* stand dort, mit deutscher und englischer Übersetzung, über einem comicbunten Gemälde des Tals und der Berge.

Axel versuchte sich unsichtbar zu machen und beobachtete ungeniert die Menschen, die sich vor dem Panoramabild versammelten. Innerhalb weniger Minuten sah er alle Mischungen von Geschlechtern, Altersgruppen und Hautfarben, die dieser Planet an Humanoiden zu bieten hat, und hörte mindestens fünf ihm völlig unbekannte Sprachen. Allen gemeinsam war ein leicht offen stehender Mund beim Studieren der Karte, das hilflose Suchen bestimmter Gipfel im dreidimensionalen Panorama der real existierenden Berge und bei der Hälfte der Touristen das dringende Bedürfnis, von Begleitern vor dem Gemälde fotografiert zu werden. Axel stellte sich vor, dass er in den nächsten Jahren bei unzähligen Diashows auf Flachbildschirmen, Handydisplays und Tabletts überall auf der Welt als Figur am Rande eines Fotos auftauchen würde, in einer wüst ramponierten Lederkombi, mit zerzausten Haaren und in zusammengesunkener Haltung. Er ließ den Kopf sinken und beobachtete die Varianten an Schuhwerk, die sich vor dem Panoramabild versammelten.

Wie konnte er Stella befragen, ohne sie sofort mit seinem vagen Verdacht zu verletzen? *Du hast dich mit einem Drogenschmuggler und Menschenräuber gestritten, aber, hey, dabei ging es bestimmt nur um die Qualität des Frühstücksbuffets im Hotel.* Prima Idee, ganz toll.

Axel musste gestehen, seine Erfahrung mit Beziehungsgesprächen hatte schon lange kein Update mehr erhalten. Genauer gesagt, seit Renate in Köln vor langer Zeit ihr Zusammenleben in Frage gestellt hatte. Möglicherweise hatte er sich schon damals in den Gesprächen nicht absolut umwerfend verhalten, denn kurz danach war Renate aus ihrem gemeinsamen Haus ausgezogen. Er nahm sich vor, seinen beruflichen Reflex unter Kontrolle zu halten und das Gespräch nicht wie ein Verhör klingen zu lassen.

Schlanke braune Beine in stabilen Wanderschuhen stellten sich direkt vor ihn und verharrten dort. Er blickte hoch in Stellas braungebranntes Gesicht.

»Herr Kommissar, du hier? Bist du gekommen, um mich zu verhaften?«

Sie starrte ihn an, er starrte paralysiert zurück. Dann lachte sie über ihren eigenen Scherz und er lachte angestrengt mit.

»Nein, junge Frau, ich hatte nur Sehnsucht.«

Das Wort polterte von irgendwo aus ihm heraus. Niemand war darüber mehr überrascht als er selber. Stella schien das zu gefallen. Sie trat einen Schritt näher, bis sie dicht vor ihm stand, sah ihn fragend an und beugte sich schließlich vor, um ihn zu küssen.

»Sehnsucht ist gut«, sagte sie.

Axel war verlegen. Er stand auf, legte seinen Arm um ihre Schultern und führte sie weg von der Gruppe der Panoramabeschauer, die ihnen interessiert zugesehen hatte. Ein paar Schritte weiter führte hinter einem merkwürdigen Steinrelief mit einem Radrennfahrer darauf ein Weg mit Holzstufen die steile Wiese hinauf. Axel ging voran und zerrte Stella mehr oder weniger hinter sich her.

»Ho, Axel!«, rief sie nach wenigen Schritten. »Ich war heute schon genügend wandern. Wo genau willst du mit mir hin?«

Er bog vom Weg ab auf die Wiese und setzte sich in das warme Gras. Einladend klopfte er auf eine Stelle voller Wiesenblumen neben sich.

»Setz dich doch zu mir, Stella. Bitte.«

Egal wie er es anstellte, sein Verhalten sorgte für eine gewisse Dramatik. Wahrscheinlich war das gut so.

»Ist etwas passiert, Axel? Mit Paul?«

Ihre Stimme klang tief besorgt. Sie setzte sich neben ihn und sah ihn unverwandt an.

»Nein, im Gegenteil. Luigi und ich haben Paul gefunden. Es geht ihm gut, er ist zurück im Hotel.«

Stellas Blick entspannte sich ein wenig, aber sie blieb ernst. Wenn Paul wirklich ihre Stimme gehört hatte, konnte sie ahnen, was Axel von ihr wollte. Ihm war klar, sie würde ihm die Aufgabe nicht abnehmen, die unangenehme Frage zu stellen.

»Warst du gestern an dem grünen Transporter, der hinter dem Evaldo auf dem Parkplatz stand? Und hast du dort mit jemandem gesprochen, auf Italienisch?«

Stella drückte ihren Rücken gerade durch. Ihre Nasenspitze wurde weiß und erhöhte den Kontrast zu ihrem braunen Gesicht.

»Warum willst du das wissen?«

»Bitte beantworte meine Frage, Stella.«

Ruhe war über Axel gekommen. Er würde das hier jetzt durchziehen. Stella kaute an ihrer Unterlippe und schwieg. War das eine Antwort?

»Kennst du den Mann?«

Sie sah hoch zum Piz Boe. Auf diesem Gipfel war sie eben noch gewesen. Schließlich nickte sie.

»Ja«, sagte sie leise.

»Familie?«, fragte Axel.

»Entfernte Familie.«

Ob Axel wollte oder nicht, die Katze musste irgendwann aus dem Sack.

»Du hast gestern mit Pauls Entführer gesprochen.«

Stella sprang auf. Ihre blauen Augen verengten sich zu Schlitzen.

»Was?«, rief sie. Unten am Straßenrand drehten sich Leute nach ihnen um.

»Das ist nicht wahr. Sag bitte, dass das nicht stimmt.«

»Paul lag im Transporter, gefesselt und geknebelt. Er hat euch gehört.«

»Das kann sein. Aber Giorgio hat ihn nicht entführt.«

Axel sah zu ihr hoch. Sie war empört und beunruhigt. Vielleicht wusste sie wirklich nichts davon.

»Giorgio heißt er also. Paul hat die Stimme ganz sicher wiedererkannt. Derselbe Mann hat ihn heute auf einem Steilhang ausgesetzt. Und ihn vorher mit einer Waffe eingeschüchtert.«

Stella fiel auf die Knie. Falls sie diesen Zusammenbruch spielte, gelang ihr das ungemein überzeugend.

»Dieser Idiot! Er wird immer verrückter. Giorgio war schon immer das Sorgenkind unserer Familie. Er hat mit den falschen Leuten Umgang. Er nimmt Drogen, die nicht gut für ihn sind. Und er kommt immer wieder mal mit dem Gesetz in Konflikt.«

Sie rutschte auf den Knien zu ihm hin und ergriff seine Hand.

»Ich habe mich gefragt, warum er im Hotel auftaucht und ihm gesagt, er soll mich in Ruhe lassen. Er war ja schon abends in der Bar, in der Ecke hinter dem Pfeiler. Am nächsten Vormittag sah ich ihn auf dem Parkplatz. Zu dem Zeitpunkt wusste ich noch gar nicht, dass Paul verschwunden ist. Und auch danach kam es mir nicht in den Sinn, Giorgio könnte etwas damit zu tun haben. Das musst du mir glauben!«

Axel starrte in ihre blauen Augen, tief und unergründlich. Er wollte nichts lieber als ihr glauben. Aber er war zu lange Polizist. Er brauchte Beweise.

»Wo wohnt Giorgio?«

Das war der Moment der Wahrheit. Jetzt musste Stella Position beziehen.

»In Genua. Daher kennt er seine ganzen falschen Freunde. Aber er hat auch eine Berghütte bei Canazei. Meist kommt er zum Paragleiten am Sellajoch hierher. Ich war fuchsteufelswild, als ich ihn in einem deutschen Auto sah. Oder zumindest in einem Auto mit deutschen Nummernschildern. Das gehört garantiert nicht ihm. Er fährt sonst immer einen gelben Doblo.«

»Höchstwahrscheinlich hat Giorgio Crystal Meth aus Slowenien übernommen und in dem Wagen transportiert, zusammen mit Paul. Kurz nachdem er Paul abgesetzt hat, wurde das Fahrzeug vor Bruneck abgefackelt. Die Drogen waren weg und alle Spuren verbrannt.«

Sie verkrampfte ihren Griff um seine Hand noch mehr. Eine einsame Träne löste sich aus ihrem Augenwinkel und lief langsam die Wange hinunter.

»Crystal Meth? Verdammte Scheiße! Genau wegen dem Dreckszeug ist er schon einmal angeklagt worden. Man konnte ihm aber nicht beweisen, dass er damit gedealt hat und die Anklage wurde fallengelassen. Ich glaube, er nimmt selbst von dem Gift. Und das macht ihn krank.«

»Wie heißt Giorgio mit Nachnamen?«

»Na, wie wir alle. Biaggi.«

»Kennst du das Kennzeichen des Doblo?«

»Ich weiß nur, er ist in Genua zugelassen, das Provinzkürzel am Schilderrand lautet also GE.«

»Und die Adresse der Berghütte?«

»Am Ende der Via della Cascata. Nicht einfach zu finden. Die Hausnummer kenne ich nicht. Von dort ist es nicht weit zur Station der Seilbahn hoch zum Col Rodella. Da oben ist der Startplatz für die Paragleiter. Wenn er in der Luft ist, steht sein Auto meist auf dem Parkplatz der Seilbahn unten im Tal.«

Axel sah Stella an. Ihre Geschichte war schlüssig und sie hatte ihm geholfen, so gut sie konnte. Sein berufliches Misstrauen wehrte sich, aber er konnte nicht länger Distanz halten.

»Es war sehr schön heute Nacht, Stella.«

Er strich ihr mit zwei Fingern über die Wange und wischte die Träne weg. Sie nickte schweigend, setzte sich wieder neben ihn und blickte über das Tal zu den Bergen auf der anderen Seite.

»Giorgio war ein echt guter Typ. Dann ging er nach Genua und alles veränderte sich. Diese Drogen haben einen anderen Menschen aus ihm gemacht.«

Sie drehte den Kopf und sah ihm direkt in die Augen.

»Aber ich habe nicht gewusst, dass er mit dem Verschwinden von Paul etwas zu tun hat. Ich hätte ihm von Pauls Handyfotos auf Facebook erzählen können, das habe ich aber nicht. Wenn du mir nicht glaubst und denkst, ich sei trotzdem heute Nacht zu dir gekommen …«

Axel legte seinen Arm um sie und zog sie zu sich heran.

»Es ist alles gut, Stella. Beruhige dich. Ich will versuchen, Giorgio zu finden. Wir sehen uns später im Hotel. Okay?«

Er küsste sie sanft auf die Stirn. Sie nickte und schmiegte sich an ihn. Wahrscheinlich wäre Axel niemals aufgestanden, wenn in diesem Moment nicht das Xperia geklingelt hätte. Der Klingelton drang durch das Leder der Kombi und zerstörte radikal jede romantische Stimmung. Axel musste Stella loslassen, um das Smartphone hervorholen zu können und stand dabei sicherheitshalber gleich auf. Es wurde Zeit, sich wieder wie ein Bulle zu benehmen. Er nahm den Anruf entgegen.

»Wo bist du, Axel? Ich habe noch einmal über den Heiseren nachgedacht, wir sollten ...«

Paul konnte offensichtlich auch nicht anders, als an dem Fall dranzubleiben. Axel winkte Stella noch einmal zu und nahm die Stufen zurück zur Straße, während er Paul unterbrach.

»Ich habe ihn. Zumindest seinen Namen und seine Adresse, hier ganz in der Nähe. Stella hat sie mir genannt.«

»Hat sie? Sie wird mir immer sympathischer, deine Stella. Holst du mich ab? Wir müssen da hin. Und zwar sofort.«

»Sollten wir nicht die Polizei einschalten?«

Empörtes Schweigen am anderen Ende der Leitung.

»Wir sind die Polizei, schon vergessen, Axel? Ich habe ein persönliches Interesse an dieser Ermittlungsarbeit. Außerdem kann nur ich die Stimme identifizieren.«

»Na gut, aber nur unter einer Bedingung. Ich fahre. Und du bist Beifahrer.«

Stöhnendes Ausatmen in der Leitung.

»Wenn es denn unbedingt sein muss. Du hast bei der Rückfahrt keinen besonders glücklichen Eindruck als Beifahrer von Luigi gemacht. Warum sollte es mir besser gehen?«

»Also mach dich fertig und warte unten auf mich. Bis gleich.«

Axel war schon bei der Nine T angekommen. Er startete und fädelte sich vorsichtig in den Verkehr ein. Zügiges Fahren war erst jenseits der Amüsiermeile möglich, also blieb er brav in der Fahrzeugschlange. Ein paar Täler weiter standen wieder bunte Gleitschirme in der Luft, bewegungslos in der Thermik einer Bergkante. Ob Giorgio Biaggi dort oben hing, zufriedener Besitzer einer Wagenladung chemischer Drogen, deren Verkauf ihm mehr als eine Saison Paragleiten finanzieren würde? Axel suchte nach weiteren Schirmen in der Luft. Wie schnell wurde es zu spät für weitere Starts, weil die Thermik am Nachmittag nachließ? Er gab Gas und überholte ein Paar in einem pinkfarbenen Cadillac, das auf der durchgehenden Sitzbank des Straßenkreuzers dicht nebeneinander kuschelnd vor ihm fuhr. Bei Paul war so etwas wie Rache das Motiv, um an dem Fall dranzubleiben. Bei ihm war es Liebe. Oder so etwas Ähnliches.

12.

Paul stand an der Straße, den Helm auf dem Kopf, Axels Ersatzhandschuhe bereits an den Händen. Kaum war Axel zum Stillstand gekommen, schwang Paul sein Bein über die Sitzbank und machte es sich bequem.

»Grüße von Eva. Sie ist stolz auf dich. Wo geht die wilde Fahrt hin?«

»Canazei. Ich gebe schnell die Adresse ins Navi ein. Eine Berghütte am Ende der Straße, Hausnummer unbekannt. Ein gelber Fiat Doblo könnte vor dem Haus stehen. Falls nicht, ist der Mann vielleicht zum Paragleiten gefahren.«

Axel beeilte sich mit der Bedienung des Navis, denn die Erinnerung an den Straßennamen in Canazei wurde immer unschärfer. Beim dritten Versuch fand er eine Schreibweise von *Cascata*, mit dem das Navi etwas anfangen konnte. Es errechnete dreiundzwanzig Kilometer Entfernung und eine Fahrtzeit von achtunddreißig Minuten ab dem Evaldo.

»In zwanzig Minuten sind wir da«, versprach Axel Paul, der ihm über die Schulter lugte, und wendete auf die andere Straßenseite. Mittlerweile kannte er die Strecke auswendig wie ein Busfahrer, der immer nur zwischen Hauptbahnhof und Flughafen pendelt. Er wusste, an welcher Stelle er den Kopf drehen musste, um ungehindert weit in die nächste Kurve hineinsehen und seine Ideallinie festlegen zu können, Flecken im Asphalt oder markante Steine funktionierten als Markierungen für die Bremspunkte. Er war im Kurvenparadies und langweilte sich beinahe. Wenn alles gut ging, würden sie in den nächsten Tagen nie gesehene und befahrene Routen in den Dolomiten auswählen und erkunden.

Paul hielt sich als Beifahrer tapfer, zumindest ließ er Axel mit seinem Haltegriff genug Luft zum Atmen. Nur am Druck von Pauls Oberschenkeln konnte Axel erkennen, in welchen Fahrsituationen die Anspannung stieg. Sie brauchten jedoch etliche Kurven, bis sie sich auf einen gemeinsamen Fahrstil geeinigt hatten. Bis dahin verlagerte Axel sein Gewicht zum Kurveninneren und winkelte die BMW ab, während Paul noch stoisch gerade sitzen blieb, nur um von Axels Gewichtsverlagerung mit einer kleinen, gemeinen Verzögerung mitgerissen zu werden. So schlingerten sie mit zu viel Fahrwerksunruhe in die Kurven hinein und wieder hinaus, bis sich Paul seinem Schicksal ergab, seine Bewegung mit Axels Lenkimpuls koordinierte und sie gleichzeitig in die Kurve gingen.

Bis zur Abzweigung Richtung Canazei war Axel optimistisch, die großmäulig angesagte Fahrtzeit mehr oder weniger einhalten zu können, aber dann begann noch einmal ein extrem serpentinenhaltiger Abstieg ins Tal, in dem der Ort bereits glitzerte. Schließlich tat sich eine lange Gerade vor einer letzten Haarnadelkurve kurz vor der Ortseinfahrt auf. Axel kam eine Diskussion im Nine T-Forum in den Kopf, in der über Stoppies mit der BMW gestritten wurde. Ging ein Stoppie mit der Nine T überhaupt oder verhinderte der normale ABS-Modus das Aufsteigen des Hinterrads komplett? Während der Einfahrzeit hatte Axel keine Motivation für solch einen Härtetest verspürt, aber jetzt, wo der Freund und Kollege seiner Imponierlust wehrlos ausgeliefert war, steigerte sich Mut zu Übermut. Er beschleunigte bergab, bis der Drehzahlmesser ungewohnte Regionen des Anzeigefeldes erkundete, fixierte die Kurve und hielt die Geschwindigkeit eine Sekunde länger, als ihm seinem Lebensalter angemessen erschien. Dann zog er am Hebel der Vorderbremse, für einen Wimpernschlag sanft und moderat, wie er es bei mehr als hunderttausend Motorradkilometern verinnerlicht hatte, dann unter Einsatz seines bewussten Willens mit brutaler Härte. Die BMW ging vorne in die Knie, als wollte sie sich wie eine Kuh hinlegen, der Vorderreifen schrie erbärmlich und stieß blauen Rauch aus, Paul schob ihn von hinten auf den Tank und das Ende der Straße näherte sich mit übertriebener Schnelligkeit. Axel wollte von der Bremse gehen und gleichzeitig in die Kurve einlenken, eine Patt-Situation, die sein Gehirn überforderte und einfrieren ließ. Die Schaltkreise der Elektronik übernahmen die Entscheidung für ihn und regulierten unfassbar nah am Limit die Bremse. Axel lenkte ein, geriet auf die Gegenspur, bremste weiter bis zum Straßenrand. Das Vorderrad der Nine T nahm den weißen Randstreifen unter sein Profil, dann ein wenig trockene Erde daneben, abschließend das erste Gras der dahinterliegenden Wiese. Das reichte, um die BMW gerade auszurichten und zurück auf die richtige Fahrspur zu lenken. Pauls Faust landete kraftvoll auf Axels Helm.

»Spinnst du, du kranker Schwachmat?!«, brüllte Paul so laut, dass es Axel trotz Helm und Fahrgeräuschen in den Ohren dröhnte. »Ich hatte heute schon eine Knarre an der Schläfe, das reicht mir an Nahtoderfahrungen für diesen Tag.«

»Sorry«, rief Axel zurück, ehrlich zerknirscht. Hatte es nun zu einem Stoppie gereicht? Axel war im entscheidenden Moment zu sehr von einigen Tausend Alarmglocken abgelenkt gewesen, um die Frage abschließend beantworten zu können. Vielleicht hatte Paul mehr wahrgenommen, aber jetzt war garantiert nicht der richtige Zeitpunkt, um ihn danach zu fragen.

In Canazei behielt Axel das Navi fest im Blick. Die Strada Statale führte mitten in den Ort und schon bald ermahnte ihn das Navi, noch vor der Dorfkirche rechts abzubiegen. Auf Kopfsteinpflaster ging es weiter, in dem engen Tal führte der Weg sofort wieder hinauf. Gepflegte große Häuser standen links und rechts, aber kein Gebäude, das ein Flachlandtiroler wie Axel als Berghütte bezeichnet hätte. Sie folgten der Straße, bis sie immer enger wurde und das Dorf allmählich zurückblieb. Ein verrottetes Holzschild machte klar, sie waren jetzt auf einem Wanderweg unterwegs, auf dem ein Fiat Doblo wahrscheinlich gerade noch so genug Platz finden konnte, um weiter bergauf zu fahren. Hinter einem baumgroßen Gebüsch voller orangefarbener Blüten lag am Wegrand ein kleines Holzhaus mit einer Auffahrt und einem Parkplatz davor. Axel fuhr an den Wegrand und schaltete die BMW aus.

»Fällt dir was auf?«, fragte Paul, der sich bereits von der Sitzbank heruntergeschwungen hatte. »Man fühlt sich verdammt nackt ohne Waffe«, beantwortete er seine eigene Frage.

Axel konnte das Gefühl nur bestätigen.

»Unser einziger Trost ist, der leere Parkplatz spricht für ein leeres Haus. Lass uns trotzdem vorsichtig sein.«

»Ha!«

Pauls Lacher war trocken und ironisch.

»So wie du eben vor dieser hübschen kleinen Todeskurve? Ich hatte gehofft, die gute Stella würde deine Liebe zum Leben ein wenig voranbringen.«

»Ruhe jetzt!«, befahl Axel. »Zugriff!«

Sie teilten sich und schlichen vorsichtig hoch zum Haus. Paul näherte sich dem ersten Fenster, ließ den Kopf vor- und zurückzucken, um gefahrlos hineinsehen zu können und hob einen Daumen. Axel spielte das selbe Spiel mit dem Küchenfenster vor ihm. Lebensmittel lagen verstreut auf einer Anrichte und dem Küchenschrank, aber es war kein Mensch zu sehen. Axel ging weiter um das Haus herum und stieß dort wieder auf Paul.

»Keine Maus im Haus. Keller oder Dachgeschoss gibt es nicht. Alles safe, würde ich sagen.«

Paul nickte und spielte geistesabwesend mit der Klinke der Eingangstür.

»Verschlossen«, sagte er und trat mit dem rechten Fuß schwungvoll dicht unter dem Schloss gegen die Tür. »Jetzt ist es offen«, fuhr er fort und präsentierte die gesplitterte Tür, die quietschend nach innen schwang.

»Wie ungeschickt du bist«, sagte Axel empört, als er sich an Paul vorbei in das Häuschen zwängte. Die wenigen Räume waren schnell durchsucht. Eine einzelne Person wohnte darin, ein Mann, der eine Sammlung von Ausrüstungsteilen zum Paragleiten besaß und auf einem kleinen Tisch vor der Couch im Wohnzimmer ungewöhnliche Rauchutensilien hortete. Axel blickte interessiert auf eine gläserne Pfeife mit einem braun verfärbten Kopf.

»Lecker«, sagte er. »Hier sind wir richtig.«

Paul war wieder vor das Haus getreten. Zielsicher ging er zu einem Verschlag, in dem bis zur Decke Brennholz gestapelt war. Er zeigte auf einen Haufen Sägespäne, die davor halb in den feuchten Boden getreten worden waren.

»Warum sind wir Menschen bloß so unglaublich fantasielos, wenn wir etwas verstecken wollen?«

Energisch riss er die obersten Holzscheite aus dem Verschlag, bis er mit beiden Händen hineingreifen konnte. Er zerrte an dem Stapel und sprang schnell zurück, als dieser nach vorne kippte. Kunststofftüten voll gelblichem Pulver kamen zum Vorschein, ordentlich aufeinandergestapelt. Paul fischte eine der Tüten heraus. Wie sich herausstellte, steckte in der ersten Tüte eine zweite und in der eine dritte, aber dann konnte Paul ein wenig von dem Inhalt auf einen Hackklotz vor dem Verschlag rieseln lassen. Er hockte sich darüber und besah sich die Flocken.

»Kann vieles sein, aber kein Streusalz«, sagte er dann. »Sollen wir auf den guten Herrn warten?«

Axel zeigte Richtung Sellajoch, wo zwei blaue Gleitschirme am Himmel klebten.

»Da könnte er dabei sein.«

Paul blickte hoch zu den blauen Flecken.

»Ich will nicht warten. Ich will da hin, wo diese Himmelsstürmer starten«, sagte er dann.

»Du sprichst mir aus der Seele. Vorher melde ich aber unserem Freund Luigi noch unseren Ermittlungserfolg.«

Axel telefonierte auf dem Weg zur Nine T.

»Aaaxäl, wie geht es dem Knie?«, fragte Luigi, sobald die Verbindung zustandegekommen war.

»Multo bene, falls das korrektes Italienisch ist, Luigi. Motorradfahren heilt alle Wunden, habe ich mir gedacht, deshalb stehen Paul und ich jetzt vor dem Haus eines Namensvetters von dir. Giorgio mit Vornamen. Hast du von dem schon gehört?«

»Wenn es der Giorgio aus Genua ist, in der Tat, ja, von dem habe ich gehört ...«

Es mochte Einbildung sein, aber für Axel hörte es sich so an, als wäre Luigi not amused über diese Verbindung.

»Paul hat gestern in dem Transporter gehört, wie Stella auf Italienisch mit seinem Entführer diskutierte. Sie ahnte nichts von Giorgios Beteiligung. Von ihr habe ich seine Adresse in Canazei. Wir haben dort das Meth gefunden. Jetzt fahren wir auf den Col Rodella, von wo Giorgio wahrscheinlich zum Paragleiten startet.«

Axel gab Luigi etwas Zeit, um diese geballten Informationen und einen möglichen Interessenskonflikt zu verarbeiten. Aber er war sicher, auch Luigi war auf dem Grunde seiner italienischen Familienseele in erster Linie ein Bulle.

»Luigi, die italienische Justiz wird nicht gutheißen, dass wir Ausländer uns eigenmächtig im Haus umgesehen haben. Vielleicht wird der Drogenfund dadurch sogar vor

Gericht wertlos. Wenn aber ein braver italienischer Carabiniere aktiv geworden ist und dazu beiträgt, etliche Kilos einer gefährlichen Droge nicht in die Hände von unschuldigen Jugendlichen kommen zu lassen …«

Axel schwieg.

»Aaaxälll!«

Luigi schnaubte. Hörte sich empört an, war es aber nicht.

»Ihr dickköpfigen Deutschen hättet mich dazuholen müssen, statt in meinem Land die Sheriffs zu spielen, porca miseria. Aber nun gut. Ihr wart erfolgreich. Gib mir die Adresse, ich komme zu dem Haus. Und bewegt euch nicht von der Stelle bis ich da bin, ist das klar?«

»Auf keinen Fall. Also, ich meine, auf jeden Fall.«

Axel nannte ihm die Adresse und beschrieb die offene Tür und den Holzstoß hinter dem Haus.

»Wie hat er es aufgenommen?«, fragte Paul interessiert. »Wenn zwei italienische Polizisten in Köln einen Verwandten an mir vorbei verdächtigen und überführen würden, wäre ich ganz schön sauer, glaube ich.«

»Alles prima. Er hat uns beglückwünscht. Wir sollen so schnell wie möglich auf diesen Berg hoch, um Giorgio zu finden.«

»Soso … Hat er gesagt … Wie sollen wir unseren Verdächtigen übrigens erkennen? Ich kann ja schlecht jeden Menschen da oben zu einer Sprechprobe auffordern.«

»Keine Ahnung. Das entscheiden wir, wenn es soweit ist. Alles ist besser, als hier herumzusitzen. Ich habe nur keine Ahnung, wie wir auf diesen Col Rodella kommen. Eine Straße führt nämlich nicht da hoch.«

»Vor der Kirche unten an der Hauptstraße stand ein Schild mit dem Symbol einer Seilbahn und dem Namen darauf. In neunhundert Meter Entfernung, Richtung Ortsausgang.«

»Gut beobachtet, Watson! Dann kommen wir ja heute noch zu einer Seilbahnfahrt. Garantiert die einzig sinnvolle Art, um auf einen Berg zu kommen.«

Sie machten sich fahrfertig. Axel wendete die BMW mit voll eingeschlagenem Lenker in einem perfekten Halbkreis auf dem schmalen Waldweg und ließ erst dann Paul aufsteigen. Trialfahren mit einem neunzig Kilogramm schweren Beifahrer auf der Sitzbank wäre dann doch eine Schwierigkeitsstufe zu hoch für ihn gewesen.

Beim Abbiegen an der Kirche sah auch Axel das Schild mit dem Symbol einer Kabine am schrägen Drahtseil. Sie rollten durch Canazei, einem netten Ort, den erlebnishungrige Touristen flächendeckend in Beschlag genommen hatten. Kurz hinter dem Ortsmittelpunkt leitete sie ein weiteres Schild nach links zur Talstation, die sie wahrscheinlich auch ohne diese Orientierungshilfe gefunden hätten, wenn sie den dünnen Strichen der Stahlseile gefolgt wären, die sich irgendwo aus der Höhe ins Tal spannten. Der Parkplatz vor der Talstation war riesig, wahrscheinlich für den Ansturm der Skitouristen im Winter konzipiert, aber auch jetzt im Hochsommer gut belegt.

»Gelber Doblo?«, rief Paul fragend. Axel nickte und fuhr die Reihen parkender Autos ab. VW-Busse und Wohnmobile teilten sich den Platz mit Kombis, aber einen gelben Doblo konnte er nicht entdecken. Sie fanden ihn schließlich in einer Ecke des Parkplatzes, in verblichenem Gelb und mit einem italienischen GE-Kennzeichen. Axel fuhr direkt hinter den Doblo, ließ Paul absteigen, bockte die Nine T auf den Hauptständer und verriegelte das Lenkradschloss. Solange der Fahrer sich nicht traute, das schwere und unhandliche Biest zu bewegen, war der Wagen jetzt einigermaßen blockiert.

»Dann wollen wir mal hoffen, wir keilen hier den Fiat von diesem Giorgio und nicht von irgendeinem unschuldigen Urlauber aus Genua ein«, sagte Axel mit einem schiefen Grinsen zu Paul. Der zuckte mit den Schultern.

»Kollateralschaden, geht schlimmer. Gefahr im Verzug, wie immer man dazu auf Italienisch sagt.«

Über einer Wiese in Sichtweite zogen gerade zwei Paragleiter enger werdende Kreise. Axel und Paul schützten ihre Augen mit den Händen vor der gleißenden Sonne und sahen fasziniert zu, wie der erste Paragleiter seinen Schirm ausrichtete, um in sanftem Abstieg auf der Wiese zu landen. Mit mühelosen Trippelschritten lief er über das fette Gras, bis er sich umdrehte und den Schirm gravitätisch zu Boden sinken ließ. Einen Augenblick später landete der zweite Flieger, jodelnd vor Freude.

»Sieht ganz spaßig aus, Paul. Wenn uns das Motorradfahren mal zu langweilig wird, können wir uns immer noch unter ein paar Quadratmetern dünnem Stoff hängend von einem Berg stürzen.«

»Wird nicht vorkommen. Weder werde ich versuchen, mit einem großen Taschentuch zu fliegen. Noch werde ich das Motorradfahren aufgeben. Never ever.«

»Sehe ich auch so.«

Axel verstaute Helm und Handschuhe. Dann ging er zur Motorhaube des Doblo und legte eine Handfläche auf das Blech.

»Wir haben Glück, ist ziemlich heiß. Lange kann unser Freund noch nicht hier stehen. Los jetzt.«

Sie marschierten zur Station mit einem schräg aufsteigenden Dach, aus dem gerade eine weiße Kabine auftauchte und sich leicht schwankend in Richtung Berg aufmachte. In großen gelben Lettern stand *Cassa* über einem Zahlfenster. Paul zückte seine Brieftasche und lächelte dem Mann hinter der Scheibe zu.

»Bis nach oben, bitte.«

»Panoramapass?«, fragte der Mann zurück und verzog dabei keine Miene.

Paul lächelte weiter und machte die internationale Geste für *Ich bin Tourist und habe keine Ahnung.* »Ja gerne mit Blick auf das Panorama. Gibt es die Fahrt denn auch ohne? In Kabinen ohne Fenster, oder wie?«

»Einmalige Fahrt nur heute oder ein Pass für mehrere Tage?«

Der Mann zeigte matt auf die Preisliste im Fenster direkt vor Pauls Augen. Wahrscheinlich hatte er in langen Jahren an dieser Kasse alle Erscheinungsformen touristischer Debilität kennengelernt und war durch nichts mehr zu beeindrucken.

»Ah, verstehe. Einmalige Fahrt, bitte. Wir sind eigentlich zum Motorradfahren in den Dolomiten.«

Der Mann sah an Pauls Lederkombi hinunter und nickte. Als ob er das nicht schon längst erkannt hätte.

»Zweimal?«, fragte er mit neutraler Stimme.

»Nein, wir möchten heute nur einmal hochfahren. Sonst wäre ja ein Panoramapass sinnvoller, nicht wahr?«

Paul zwinkerte ihm kumpelhaft zu. Er kannte sich aus mit den Seilbahn-Tarifen.

»Für eine Person oder für zwei?«

Die Stimme drang mit mehr Schärfe durch das Glas.

»Oh, verstehe. Für zwei Personen.«

»Retour?«

»Bitte? Ach so, ja natürlich. Wir bleiben nicht oben und haben auch keinen Fallschirm dabei.«

Der Mann hinter der Scheibe stützte seinen Kopf auf der Handfläche ab und ließ Paul seine Zähne sehen, wahrscheinlich seine Vorstellung von einem Lächeln.

»Siebenunddreißig«, sagte er müde. Er hatte einen komplizierten und anstrengenden Job.

»Siebenunddreißig Euro? Alter Schwede. Gibt es auch Tickets zweiter Klasse?«

Der Mann schenkte Paul einen langen, tiefen Blick. Ich werde dich noch nicht mal ignorieren, stand unsichtbar auf seiner Stirn geschrieben. Paul seufzte und schob einen Geldschein unter der Glasscheibe durch.

»Wahrscheinlich werden unterwegs Champagner und Häppchen gereicht. Ob es ein Bordkino gibt?«, fragte Axel lachend, als sie sich mit ihren Tickets in das Gebäude bewegten.

»Das werden wir gleich erleben, denn dort kommt unsere Kabine.«

Paul zeigte auf einen kleinen hellen Fleck im blauen Himmel, der schnell größer wurde, immer näher kam und die Drahtseile entlangzurutschen schien. Natürlich waren es in Wahrheit die Drahtseile, die sich auf der Strecke zwischen Berg und Tal im Kreis drehten und dabei die Kabinen mit sich trugen.

Ein Mann mit einem gigantischen Oberlippenbart riss eine Ecke aus ihren Tickets und ließ sie in den Einstiegsbereich vorrücken. Die Kabine schwankte auf der linken Seite unter das Dach der Station, verharrte gerade so lange, um eine Handvoll Menschen aussteigen zu lassen, wendete dann gemächlich unter einem großen Umlenkrad und kam schleifend zu ihrer Seite.

Paul und Axel waren die einzigen Passagiere, deshalb schloss sich die Kabinentür nach wenigen Augenblicken. Sie standen vor dem Glas des Rundumfensters, fixierten den geschwungenen Bart des Ticketabreißers und warteten auf den Beginn der Fahrt.

Der erste Ruck kam überraschend und schon nach einem Dutzend Metern war der Blick in die Tiefe äußerst spektakulär, aber die Kabine bewegte sich vertrauenerweckend ruhig hinaus in die Luft. Der Ausblick erweiterte sich mit jedem Höhenmeter der schnell aufsteigenden Kabine, bis sie die Sellagruppe in ihrer ganzen Pracht vor sich sahen. Paul zog an Axels Ärmel und zeigte auf die andere Seite des Tals. Bergkette nach Bergkette setzte sich dort immer weiter fort, bis der Himmel in einem blendendweißen diesigen Streifen in den Horizont überging. Als sie sich wieder umwandten, konnten sie die Bergstation oben am Hang schon deutlich sehen. Im Himmel darüber drehten sich etliche Gleitschirme in der glasklaren Luft. Obwohl der Himmel unendlich schien, war es klar, dass dort oben reger Verkehr herrschte und die Paragleiter aufmerksam wie im Kreisverkehr einer Großstadt unterwegs sein mussten.

Auf den letzten Metern des Aufstiegs kamen sie der Felswand immer näher, bis sich die Fahrt zu verlangsamen schien und die Kabine mit verzweifeltem Knirschen an einer Führung entlang in die Bergstation eintauchte. Die Türen öffneten sich automatisch. Axel und Paul machten einen großen Schritt auf festen Boden, als gelte es, einen Spalt über einem tiefen Abgrund zu überbrücken. Die Kabine überholte sie auf ihrem Weg nach draußen, wendete unter dem Umlenkrad und stürzte sich mit frischen Passagieren wieder in die Tiefe, entlang der erstaunlich steil nach unten abfallenden Drahtseile.

Vor der Station war es windig und deutlich kälter als im Tal. Eine Gruppe von jugendlichen Wanderern mit einem drahtigen Bergführer, denen Kletterausrüstung aus ihren Rucksäcken ragte, beäugte sie missmutig. Axel machte sich klar, sie waren in Lederkombis und Rennstiefeln in einer weltberühmten Kletterregion unterwegs und genauso falsch bekleidet wie Kletterer mit Eispickel und Kletterseil auf einer Rennstrecke. Als sie die Wanderer passierten, präsentierte Axel deshalb sein Retourticket dem Bergführer.

»Keine Sorge, wir sind nicht zum Klettern hier«, sagte er munter zu dem Drahtigen im Vorbeigehen.

»Wir sind Motorradfahrer«, ergänzte Paul.

»Das sehe ich«, erwiderte der Mann hinter ihrem Rücken. »Und das erklärt alles.«

Axel lachte.

»Na, das sind ja nette Bergkameraden hier auf der Höhe«, sagte er zu Paul. »Vielleicht sind die Paragleiter ein wenig aufgeschlossener.«

Dabei zeigte er auf eine Gruppe von Menschen in farbenfroher Sportbekleidung, die auf einem Hang ihre Ausrüstung ausgebreitet hatte. Helme und Gurtzeug lagen auf dem Boden, vereinzelt warteten fein säuberlich ausgelegte Schirme auf ihren Einsatz. Das Leinengewirr der Schirme endete im Gurtzeug der Paragleiter, von denen sich in Abständen einer vorbeugte, die Leinen in den ausgestreckten Armen, und den Hang hinablief, bis der Schirm aufstieg, sich im Wind aufblähte und den mutigen Flieger jenseits einer steilen Kante in die Höhe zog. Das zackige Profil der Sellagruppe stand direkt vor ihnen. Nicht weit weg musste das Sellajoch liegen, an dem Axel gestern vergeblich nach Paul gesucht hatte.

»Halt die Augen auf, Axel. Dieser Giorgio wird mich sofort erkennen. Vielleicht kommt aber auch uns eines der Gesichter bekannt vor. Irgendwo im Evaldo kann der uns über den Weg gelaufen sein.«

»Alles klar. Seit Schulhofzeiten gilt: Wer zuckt, verliert.«

Sie schlenderten durch die Gruppe, suchten Augenkontakt und bemühten sich, dabei nicht auf einen Schirm oder sonst ein Stück Ausrüstung zu treten. Die Menschen am Hang waren jung und fröhlich, in Vorfreude bereits mit Adrenalin geflutet. Axel und Paul gehörten nicht zum Clan und wurden auch so beäugt, aber sie wurden durchweg freundlicher aufgenommen als von den Wanderern.

»Na, Leute. Wollt ihr euch einen Schirm leihen und mal fliegen?«, fragte ein Mann mit runder Sportbrille, der vor ihnen mit dem Kopf auf seinem Gurtzeug im Gras lag. Einige der Flieger in Hörweite lachten.

»Yo, Mann, kann sein.«

Vielleicht war Axels Jugendslang ein wenig zu aufdringlich, aber er hatte null Erfahrung in der Konversation mit Paragleitern. Nicht zum ersten Mal an diesem Morgen dachte er an Stella. Was hatte sie noch mal gesagt?

»Der Trick beim Fliegen besteht darin, dass man lernt, wie man sich auf den Boden schmeißt, aber daneben.«

Der Brillenträger richtete sich auf.

»Ein Douglas-Adams-Kenner, Respekt. Wenn du den Trick beherrschst, brauchst du ja gar keinen Schirm. Probier doch mal.«

Axel stimmte in das allgemeine Gelächter ein.

»Nee, lass mal«, sagte er dann. »Eigentlich sind wir hier um Giorgio zu treffen. Weißt du, wo er ist?«

Paul und er standen im leichten Wind des Hangs und blickten zu dem Mann, der jetzt aufgestanden und zu ihnen gekommen war.

»Giorgio, hm?«

Der Blick des Mannes glitt prüfend über sie. Oder bildete sich Axel das bloß ein?

»Ihr seid fast zu spät, um hier noch auf Giorgio zu treffen. Der macht sich gerade fertig und startet als Übernächster.«

Der ausgestreckte Zeigefinger des Mann wies sie zur steileren Seite des Hangs. Ein kleiner, schlanker Mann stand dort, die Leinen seines ausgebreiteten Schirms schon in den Händen, und sah dem Flieger vor sich am Hang dabei zu, wie er verdrehte Leinen an seinem Schirm neu sortierte.

»Hey, Giorgio, Besuch für dich«, brüllte in diesem Moment der Brillenträger in Richtung Hang. Giorgio drehte sich halb um und blickte zu ihnen herüber. Er zuckte unmerklich, als wollte er sich umdrehen und davonrennen.

Verloren, dachte Axel und setzte sich in Bewegung. Zwischen ihm und der Hangspitze lag eine Kuhle, von Paragleiter-Ausrüstung übersät. In munterem Wechsel von kurzen und ausladenden Schritten hüpfte Axel durch diese Kuhle, krampfhaft bemüht, kein lebenserhaltendes Teil platt zu treten. Der Anstieg zum Hang war kurz, aber steil. Mit jedem Schritt wurde er langsamer, spürte die Blase an der Ferse und das Stechen im Knie. Als er oben angekommen war, taumelte er benommen einen Schritt nach vorne, blieb dann stehen, stützte sich auf den Knien ab und rang nach Luft.

Giorgio hatte in der Zwischenzeit seinen zitronengelben Schirm unter Zug gebracht und bewegte sich den Hang hinab, ohne Rücksicht auf Schirm und Leinen des Starters vor ihm. Empörte Rufe seiner Kollegen begleiteten ihn, als sein Schirm sich füllte und der Luftwiderstand ihn beinahe zum Stillstand brachte.

Ein Schatten zog an Axel vorbei. Paul stürzte mit langen Schritten den Hang hinunter, in direkter Linie auf Giorgio zu. Der lehnte sich mit aller Kraft gegen den Wind und beschleunigte mit energischen Schritten bergab in Richtung der Abflugkante. Paul kam gleichzeitig näher, die Arme professionell angewinkelt, ein Kreisläufer vor dem gegnerischen Handballtor. Giorgio erreichte die Kante, machte einen letzten Schritt auf den Boden, den nächsten schon in die kühle Bergluft, und hing dort, die Sellagruppe als 3D-Fototapete im Hintergrund, als Paul einen Schritt nach ihm die Kante erreichte.

13.

Paul war sauer. Sehr sauer. Wenn er den Eindruck erweckt hatte, seine siebenundzwanzigstündige Entführung habe ihm nicht viel ausgemacht, dann war das eine Lüge. Er wollte seinen Entführer fangen, ihn schnappen, am Schlafittchen packen, in die Finger kriegen. Und das gelang ihm mit einem Kopfsprung ins Nichts vom Dreimeterbrett. Axel sah fasziniert zu, wie Paul sich von der Kante am Hang abstieß, als würde er für einen Wurf in den Torraum eines Handballfeldes springen, für einen kurzen Augenblick waagerecht in der Luft hing und dann mit beiden Armen Giorgios Unterschenkel vor sich in der Luft umklammerte.

Der Gleitschirm, ohnehin noch damit beschäftigt, genug Auftrieb für den Einmannbetrieb zusammenzubekommen, ließ sich angesichts von mehr als doppelt so viel Transportgewicht resigniert zu Boden sinken.

Paul landete als Erster, wurde von der übriggebliebenen Kraft des Windes bäuchlings über den Boden gezogen und abrupt von einem moosbewachsenen Dolomitstein in der Größe eines Kopfkissens gestoppt. Der Zusammenstoß beraubte ihn des größten Teils seiner Haltekraft, ein paar energische Fußtritte von Giorgio besorgten den Rest und so erhob sich der Schirm, von seiner Last befreit, wieder in die Höhe. Bis Paul sich aufgerappelt und Axel ihn erreicht hatte, war Giorgio schon mehr als zehn Meter über dem Hang. Er blickte herunter und nahm sich die Zeit, ihnen einen Mittelfinger zu zeigen.

»Alles klar, Paul?«, fragte Axel mit Blick auf den Abdruck des Dolomitsteins auf Pauls Wange.

»Alles super, verdammt! Ich hatte ihn und jetzt fliegt er davon.«

Sie blickten hoch zu dem gelben Schirm, der weiter an Höhe gewann und sich dabei auf die Sellagruppe zubewegte.

»*What goes up must come down*«, tröstete ihn Axel. »Ich will sagen: Runter kommen sie alle. Wir kriegen ihn wenn er landet, egal wo das ist.«

Er zerrte Paul, der immer noch dem Gleitschirm hinterherstarrte, den Hang hoch. Die Paragleiter standen wie gelähmt, fassungslos und empört. Axel hob beschwichtigend die Hände.

»Wir sind von der Polizei. Euer Freund wird gesucht. Wo kann der bei dem Wind und der Thermik heute hinfliegen?«

»Polizei? Genau so seht ihr auch aus. Verpisst euch lieber.

Giorgio kann hinfliegen wo er will, versteht ihr«, sagte der Brillenmann stellvertretend für die anderen.

»Bürschchen ...«

Axel wollte sich streiten, aber diesmal zog Paul ihn weiter.

»Lass gut sein, Axel. Wir wollen so schnell wie möglich ins Tal. Das ist der einzige gelbe Schirm am Himmel, den können wir gut im Auge behalten und verfolgen.«

Axel stolperte ihm hinterher, den Kopf über die Schulter gewandt, um noch ein paar Beleidigungen Richtung Brillenmann loszuwerden. Im Laufschritt erreichten sie die Bergstation, nur um einer leeren Kabine dabei zuzusehen, wie sie im selben Augenblick ihren Blicken ins Tal entschwand.

Fluchend suchten sie den Himmel nach Giorgios Schirm ab. Der war nicht schwer zu finden, weil er sich wie ein riesiger Zitronenfalter gegen das Blau des Sommerhimmels absetzte. Giorgio hatte sich weiter in die Höhe geschraubt, ohne eine bestimmte Richtung einzuschlagen und stand fast senkrecht über ihnen. Das Gesicht des Mannes war trotz der Entfernung gerade noch zu erkennen. Sein Kopf wanderte von links nach rechts, er blickte in das Tal und schien seine Chancen abzuchecken, vor ihnen am Auto zu sein. Vielleicht musste er aber auch den Flugverkehr im Auge behalten, weil ständig andere Paragleiter auf der Suche nach Thermik seinen Weg kreuzten.

»Da kommt unser Taxi«, sagte Paul und zeigte auf eine Seilbahnkabine, die sich unter ihnen den Berg hinaufquälte. »Solange Giorgio nicht mehr Strecke zurücklegt, haben wir eine Chance, an ihm dranzubleiben.«

Sie drängten sich ungeduldig am Ticketabreißer vorbei

auf die Plattform. Nervenzerfetzend langsam stieg die Kabine in die Höhe, verweilte einen Moment auf der Ausstiegsseite, schwenkte im Rollstuhltempo auf ihre Seite und öffnete dann freundlich die Türen für sie. Der Ticketmann schüttelte den Kopf über die rastlosen Touristen, als Axel und Paul in die Kabine sprangen und versuchten, die Automatiktüren zuzuschieben. Schließlich gab die Kabine ihrem Drängen nach, schloss seufzend die Türen und machte sich auf den Weg ins Tal.

Diesmal hatten sie keinen Blick für das Alpenpanorama übrig, sondern drängten sich an die Scheiben, um eine möglichst große Fläche des Himmels im Auge behalten zu können. Die Sicht auf den Zitronenfalter war zunächst durch die Bergkante unterbrochen, aber als sie weiter ins Tal hinabsanken, tauchte er wieder am Himmel auf, ein leuchtender gelber Fleck, der sich langsam Richtung Sella entfernte.

In der Talstation verursachten Axel und Paul eine milde Panik, als sie mit viel Getöse aus der Kabine stürmten und sich durch eine Busladung Pauschaltouristen drängten, die in geordneten Zweierreihen auf die nächste Bergfahrt warteten. Im Gleichschritt trabten sie zur BMW, allerdings wurde Axel schnell langsamer und hinkte auf den letzten Metern Paul hinterher. In aller Eile zogen sie Helme und Handschuhe an, beobachteten dabei den Himmel und suchten nach dem gelben Gleitschirm. Es war schwer einzuschätzen, an welcher Stelle im unendlichen Blau sie ihn zuletzt gesehen hatten, jedenfalls konnten sie ihn nirgends entdecken.

»Verflucht! Der ist auf die andere Seite des Berges geflogen.«

Paul trat vor Wut gegen den Hinterreifen des Doblo.

»Komm schon, Paul, wir versuchen unser Glück«, beschwichtigte ihn Axel und startete die BMW. Sie rollten zum Ausgang des Parkplatzes und Axel musste sich Mühe geben, vor lauter Guck-in-die-Luft nicht gegen eines der parkenden Autos zu fahren.

»Da! Direkt über uns!« Paul hieb ihm auf die Schulter. Axel hielt an und starrte nach oben, wohin Pauls ausgestreckter Arm wies. Der gelbe Schirm schwebte mehr oder weniger über dem Parkplatz, immer noch in ziemlicher Höhe, aber ganz klar mit der Absicht, auf der Wiese vor dem Parkplatz zu landen. Axel fuhr langsam weiter, von Pauls Ausrufen geleitet. Sie kamen aus dem Schutz der Bäume auf eine schmale Straße, die zu der Landewiese führte.

»Stopp!«, brüllte Paul. Axel hielt sofort an.

»Er hat uns gesehen.«

Axel verdrehte den Kopf, bis er den Schirm sah. Der wechselte in diesem Moment seine Flugrichtung und bewegte sich auf den nächsten Hang zu. Sehr langsam gewann der Schirm wieder an Höhe.

»Mist, verdammter. Wahrscheinlich hat der meine rote Kombi erkannt, schließlich hing ich darin eben noch an seinen Füßen.«

»Schafft der das, mit dem bisschen Aufwind von dem Hang da vorne wieder richtig in die Höhe zu kommen?«, fragte Axel laut sich selbst und Paul.

»Keine Ahnung. Es ist doch ohnehin mysteriös, wie man mit so einem Fetzen Stoff fliegen kann. Aber guck dir das an! Das Schwein haut ab!«

Paul brüllte vor Empörung in Axels Ohr. Der Schirm hatte angefangen, sich spiralförmig nach oben zu schrauben und gewann damit immer schneller an Höhe. Axel wendete und gab Gas.

»Zum Sellajoch«, rief er über seine Schulter. »Der braucht einen neuen Fluchtwagen. Am Sellajoch ist der Parkplatz voll davon. Und ihm ist klar, er hat einen Vorsprung, weil wir um den Berg herumfahren müssen.«

»Okay! Ist zwar nur eine Vermutung, aber unsere beste Chance. Gib alles. Aber ohne Stoppie, damit das klar ist.«

Axel nickte und überholte ein großes Wohnmobil, das einen Großteil der Hauptstraße durch Canazei beanspruchte, ihm aber dennoch genug Platz ließ, um sich mit einer Handbreit Abstand an ihm vorbeizuzwängen. Im Kopf ging er die Strecke zum Sellajoch noch einmal durch, wie schon so oft seit ihrer Routenplanung in Köln. Knapp zwanzig Kilometer feinster Dolomitenkurven erwarteten sie, nicht so spektakulär wie die Kurven rund um das Pordoijoch, aber mit der erhöhten Durchschnittsgeschwindigkeit einer Verbrecherjagd gefahren, garantiert immer noch bluthochdruckfähig.

Sobald das Ortsschild von Canazei hinter ihnen lag, schaltete Axel einen Gang herunter und blieb im oberen Drehzahlbereich. Die Nine T kannte mittlerweile auch ohne elektronische Fahrhilfe den Dolomiten-Modus auswendig und vergnügte sich am Wechsel von Beschleunigung, hartem Bremsen und Schräglage. Die Serpentinen kamen ihm zwar von der Hinfahrt bekannt vor, in umgekehrter Richtung waren sie aber ganz anders zu fahren und erforderten nicht weniger Aufmerksamkeit. Immer wieder schielte er in Richtung Sella, ob der Blick auf den Himmel schon frei genug war. Paul merkte das und hieb ihm wieder auf die Schulter.

»Arbeitsteilung, Axel. Du fährst, ich halte Ausschau, verstanden? Du machst mich nervös mit deinem Gezucke.«

Axel gehorchte und konzentrierte sich nur noch nach vorne. Das Kurvengeschlängel lag bald hinter ihnen, es ging durch den Wald bergauf. Axel lud so manchen Fluch eines gestressten Autofahrers auf sein Karma, weil er gnadenlos überholte und andere Verkehrsteilnehmer zur Mitarbeit in Form von bremsbelagvernichtenden Aktionen zwang. Die Baumwipfel neben der Straße beengten das Blickfeld weiterhin, aber nach einer weiten Kurve tauchte die massive Wand des Sellastocks weit weg am Ende der Straße auf. Das fast weiße Gestein der Felswand knallte blendend durch das dunkle Grün des Kiefernwaldes, wuchs mit jedem Kilometer immer mehr in die Höhe und schließlich erreichten sie den Fuß des Massivs und der Himmel öffnete sich.

»Da! Da! Da, da, da!«

Ohne Zweifel hatte Paul seine Beute wieder im Blick und war vom Jagdfieber gepackt. Axel ging kurz vom Gas und wagte den Blick zum Himmel. Der Zitronenfalter schwebte hoch oben und bewegte sich langsam auf die Felswand vor ihnen zu. Wie schnell er tatsächlich vorwärts kam, war schwer einzuschätzen, dafür fehlten Orientierungspunkte im makellosen Blau.

»Ist der hoch genug? Oder knallt der gegen den Berg, wenn er es nicht höher schafft?«, fragte Axel über die Schulter nach hinten.

»Keine Ahnung. Halt's Maul und gib Gas, Alter!«

Paul war nicht zu bändigen. Axel freute sich. Auf diese Weise hatte kein Trauma eine Chance, sich nach der klaustrophobischen Erfahrung der Entführung in Paul festzusetzen.

Auf einer geraden Strecke überholte er vier Autos am Stück. Flottes Fahren zu zweit auf einem Motorrad war bei ihrer gemeinsamen Dolomiten-Tour eigentlich nicht geplant gewesen, aber Spaß machte es trotzdem. Und war die einzige Chance, Giorgio einzuholen, denn seine Luftlinie war unter allen Umständen die schnellere Verbindung zwischen zwei Punkten als ihre Zickzack-Kurvenstrecke.

Von hinten kamen regelmäßige Newsflashs, die Paul ihm wie ein Sportreporter kurz und knackig ins Ohr brüllte.

»Gleitschirm kämpft anscheinend mit Gegenwind, kreuzt Richtung Bergkante.«

»Jetzt auf gleicher Höhe mit Kante.«

»Kante überschritten, Schirm verschwunden.«

Währenddessen quälte sich Axel durch den dichter werden Verkehr unterhalb des Sellajochs. Der höchste Punkt des Sattels mit dem Rifugio und den großen Parkplätzen lag noch vor ihnen, aber schon hier stauten sich die Autos wegen Ein- und Ausparkmanövern entlang der Straße. Es zuckte regelmäßig in Axels Gashand, wenn seine Vernunft siegte und er hinter einem langsamen Auto zurückblieb, weil die Alternative ein hübscher Platz auf dem Kühlergrill eines entgegenkommenden Reisebusses war. Langsam aber sicher gewannen sie trotzdem an Höhe.

»Links!«, brüllte Paul jetzt von hinten. »Der Typ hält sich links von der Straße. Der will nicht bis zum Parkplatz. Der will landen.«

Axel konnte nicht anders, als kurz links von sich in den Himmel zu blicken. Der gelbe Gleitschirm verlor an Höhe, zog in einer geraden Linie weg von der Straße in Richtung sanfte Wiesen und Hügel, die jenseits ihres Blickfeldes lagen. Ein Blechschild erschien am Wegesrand, Rifugio

Carlo stand darauf in schwarzer Schrift auf gelbem Untergrund und ein altmodischer Pfeil wies nach links in eine schmale Straße.

Ohne nachzudenken schnitt Axel einem entgegenkommenden Pick-up den Weg ab, bog scharf nach links und ließ die Nine T den Hang hochpreschen. Autos parkten Stoßstange an Stoßstange, zwei Räder auf dem Asphalt, die anderen beiden auf dem weichen Gras am Abhang. Axel blieb am Gas und betete, kein Autopassagier möge die Tür zur Straße aufreißen, um ohne aufzusehen aus dem Auto zu springen. *Don't try this at home,* schoss ihm durch den Kopf, ohnehin das passende Motto für seine Fahrweise in den letzten beiden Tagen.

»Axel, der hat uns gesehen!«

Paul quetschte ihm vor Aufregung die Schulterblätter zusammen und stellte sich in den Fußrasten hin, als könnte er Giorgio und seinen Gleitschirm dann ergreifen.

»Schneller, der landet gleich!«

Axel gab ein wenig mehr Gas, drückte sicherheitshalber den Daumen auf den Hupenknopf und ließ ihn dort. Die Hupe der Nine T war ihm in Köln in Lautstärke und Klang großstädtisch moderat erschienen, aber in der friedlichen Natur wirkte der Dauerton plötzlich unglaublich laut und aufdringlich. Gut so, denn ihre Schussfahrt zwischen Autos und Hang konnte kein Brems- und kein Ausweichmanöver gebrauchen.

Dann endete die Straße abrupt und teilte sich in zwei Wege mit Hinweisschildern zu unterschiedlichen Rifugios. Axel bremste hart, bis das ABS sich einschaltete, um ihm dabei zu helfen, auf dem steinigen Untergrund keine Bauchlandung zu machen.

»Da kommt er! Gleich überquert er den Hang!«

Sobald Axel und die Nine T die ganze Sache einigermaßen unter Kontrolle hatten, blickte er sich um. Der gelbe Schirm kam mit viel Schwung von der anderen Seite über die Spitze des Hügels vor ihnen. Giorgio am Ende der Leinen musste sich blitzartig orientieren. Er zog gerade noch rechtzeitig die Beine an, um nicht gegen die Dachkante einer Hütte zu knallen, die da in aller Unschuld stand, steuerte den Schirm in einer scharfen Kurve weg von einem riesigen geschnitzten Jesus am Kreuz direkt vor ihm und flog direkt in eine Stromleitung, die zwischen schlanken Stahlmasten gespannt der Straße folgend vom Tal hochstieg. Der Stoff des Gleitschirms wickelte sich kompliziert um die Leitungen und produzierte dabei kleine, grünblaue Blitze. Giorgio wurde wie auf einer großen Schaukel für Erwachsene einmal über die Waagerechte hinaus hochgeschleudert, pendelte dann aus, bis er in Stehhöhe über dem Boden zum Stillstand kam.

Axel hatte die BMW bereits weg von der Straße auf die Wiese gelenkt und fuhr nun zu ihm. Paul stieg ab, ging ein paar Schritte, bis er direkt unter Giorgio stand und reckte sich in die Höhe.

»Stopp, Paul! Der hängt an einer Stromleitung, du Chaot. Nicht berühren!«

Paul trat einen Schritt zurück und verschränkte die Arme vor der Brust.

»Danke für den Hinweis, Axel. Nochmal soll mir der Herr nicht entkommen.«

Axel stellte die BMW ab und ging zu den beiden. Er suchte Augenkontakt mit Giorgio. Der schien irgendwie ungehalten, ansonsten aber unversehrt zu sein.

»Giorgio, du hast bei deinem überstürzten Start eben etwas verloren.«

Axel zeigte auf Paul.

»Darf ich dir Paul vorstellen? Wie du merkst, ist Paul sehr anhänglich. So sind wir Bullen nun mal.«

»Vaffanculo, du hässlicher Affe! Ich mache euch fertig, ihr stinkenden Motorradfahrer!«

Paul stellte sich neben Axel und blickte ebenfalls zu dem Mann, der da schimpfend und zappelnd über ihnen hing.

»Deine Stimme kommt mir bekannt vor«, rief Paul zu ihm in die Luft. »Haben wir uns vielleicht schon mal irgendwo getroffen? Wir lassen dich noch eine Weile da hängen, dann kannst du in Ruhe darüber nachdenken.«

Sie setzten sich nebeneinander in Giorgios Schatten und bewunderten die Landschaft. Die Zinnen des Sellajochs hinter ihnen leuchteten in der Nachmittagssonne. Wind kam auf, eine Bergdohle flog schimpfend vorbei. Vom Verkehr auf der Straße konnte man hier nichts hören. Axel blickte hoch zu Giorgio, der in seinem Gurtzeug strampelte und leicht im Wind schaukelte. Die Dolomiten waren wirklich eine Reise wert.

Es hatte mehrere Ewigkeiten gedauert, bis sie Luigi in Begleitung von zwei Carabinieri-Fahrzeugen gefunden hatten, der Strom abgestellt, eine Leiter angelehnt war und ein starker Carabiniere dabei half, Giorgio aus seinem Rüstzeug heraus und sicher auf den Boden zu bekommen. Luigi hatte das Crystal Meth und die Waffe gefunden und nahm Giorgio offiziell fest. Alles weitere würde eine Sache von endlosen Protokollen, zweisprachigen Befragungen und schriftlichen Aussagen werden. Axel und Paul hatten Grund zu der Annahme, die restlichen Urlaubstage auf harten Bürostühlen in ungemütlichen Polizeistuben verbringen zu müssen. Luigi versprach, alles so schnell wie möglich über die Bühne zu bringen.

»Ich habe eine Bitte, Luigi«, sagte Axel und zeigte zu dem Alfa, in dem Giorgio saß und bereits vernommen wurde.

»Ich möchte gerne kurz mit dem Herrn da drüben unter vier Augen reden.«

Luigi zog die Augenbrauen hoch und guckte irritiert.

»Du willst etwas zwischen euch beiden klären? Meinetwegen. Aber keine private Rache, Aaaxäl, versprich mir das.«

»Keine Sorge. Ich setze mich auf meine Hände, okay?«

Luigi begleitete ihn zu dem Wagen und sorgte dafür, dass die anderen Carabinieri beiseite traten. Axel setzte sich auf den Beifahrersitz und schloss die Tür. Er verstellte den Rückspiegel, bis er Giorgio in die Augen sehen konnte. Der starrte ihn mit flackerndem Blick an. Axel schwieg. Die Stille breitete sich bedrohlich im Auto aus.

»Stella«, sagte Axel und hatte sofort Giorgios volle Aufmerksamkeit.

»Hat sie gewusst, dass Paul in einem der Transporter lag, als sie gestern mit dir vor dem Evaldo diskutierte?«

Giorgio sah ihn schweigend an. Ein Augenlid zuckte. Er antwortete nicht.

»Stella hat uns deine Adresse gegeben und dein Auto beschrieben. Stella hat dich in den Knast gebracht.«

»Che cazzo …«

Giorgio biss sich auf die Lippen. Er wand sich unruhig hin und her, atmete dann hörbar aus und setzte sich wieder aufrecht hin. Er rang nach Fassung, wollte sich das aber nicht anmerken lassen. Starr blickte er in Axels Augen.

»Es ist genau so, wie Stella sagt. Sie hat nichts gewusst.«

Axel schwieg. Zweifel nagte weiter an ihm.

»Warum nimmst du jemanden in Schutz, der dich verraten hat, um sich selbst zu retten?«

Giorgio schien seinen Blick auf etwas in tausend Meter Entfernung zu fokussieren. Axel kannte diesen Blick aus vielen Verhören. Aus dem Mann würde er kein Sterbenswörtchen mehr herausbekommen. Axel nickte, mehr zu sich selbst als zu Giorgio.

»Ich verstehe. Stella gehört zur Familie.«

Frank Marx

Frank Marx wurde innerhalb der Kölner Ringe geboren und treibt sich seitdem in der Domstadt herum. Beruflich ging es bei ihm immer irgendwie um Bücher, nach einiger Zeit auch ums Schreiben. *Tödliche Schräglage* war sein erster Motorrad-Krimi. Zwischenzeitlich sind im Highlights-Verlag *Tödlicher Speed* und *Tödliche Falle* erschienen, der zweite und dritte Fall des sympathischen Kommissars Axel Schröder. Frank Marx bewegt das ganze Jahr über Motorräder auf Rennstrecken, Landstraßen und in der Stadt. Krimi schreiben und Motorrad fahren betreibt er mit ähnlicher Leidenschaft. Das Motorradfahren ist ja auch genauso spannend wie ein guter Krimi ...

Das vorliegende Buch *Der Motorrad-Bulle auf Hetzjagd am Sellajoch* ist der vierte Fall für Kommissar Axel Schröder.

Motorrad-Krimis
im Highlights-Verlag

---

auch als **eBook**

Tödliche Schräglage

Frank Marx

Kommissar Axel Schröders 1. Fall

Kommissar Schröder aus Köln muss seine alte Honda CB 750 aus der Garage holen, denn immer mehr Motorradfahrer verunglücken tödlich auf einer kurvenreichen Strecke in der Eifel. Ist der Black Rebel Motorcycle Club in eine tödliche Auseinandersetzung mit den Lucky Jokern geraten? Oder hat der einschlägig bekannte Motorradhändler Leo Nehls seine Finger im Spiel? Und wer ist eigentlich der mysteriöse Dark Rider? Axel Schröder gerät in seinem ersten Fall in eine mörderische Jagd.

Print-ISBN:
978-3-933385-50-5

eBook-ISBN:
978-3-945784-01-3

auch als **eBook**

Tödlicher Speed

Frank Marx

Kommissar Axel Schröders 2. Fall

In Köln auf dem Wallrafplatz sitzt ein toter Mann auf einer Bank. Er hat eine Kugel in der Brust und einen Motorradhelm auf dem Kopf. Kommissar Schröder, Hobbybiker und Ermittler bei der Kripo, steht vor einem Rätsel: Der Tote lässt sich nicht identifizieren, der Tatort ist unklar. Schröder geht nur widerstrebend an die Ermittlungen, denn eigentlich wollte er morgen mit seiner Maschine in den Urlaub nach Südfrankreich fahren. Doch dann erhält der Fall ungeahnte Dimensionen.

Print-ISBN:
978-3-933385-49-9

eBook-ISBN:
978-3-945784-02-0

Motorrad-Krimis
im Highlights-Verlag

auch als eBook

Tödliche Falle

Frank Marx

Kommissar Axel Schröders 3. Fall

Heimtückischer kann man einen Motorradfahrer nicht ermorden: Ein Drahtseil ist kurz hinter dem Kölner Ortsschild quer über eine kleine Landstraße gespannt und köpft Canetti, einen verurteilten Entführer, der gerade erst seine Strafe abgesessen hat. Ganz Köln ist hinter den verschwundenen vier Millionen Euro Lösegeld her. Als sich Kommissar Axel Schröder auf die Suche nach Attentäter und Lösegeld macht, gerät er selbst in eine tödliche Falle.

Print-ISBN:
978-3-933385-64-2

eBook-ISBN:
978-3-945784-03-7

Mord am Stilfser Joch

Karin Schickinger

Julians und Mercys 1. Fall

Eine Gruppe Motorradfahrer trifft sich in einem Hotel in den Österreichischen Alpen zu einer geführten Tour. Doch schon am ersten Tag bekommt die Urlaubslaune einen gehörigen Dämpfer: Ein Mitglied der Gruppe liegt tot in der Werkstatt. Tourguide Julian und Mechanikerin Mercy müssen sich jetzt nicht nur um ihre Gäste kümmern, sondern auch noch einen Mörder fangen. Verdächtige und Motive gibt es mehr als genug, dazu noch eine zweite Leiche.

Print-ISBN:
978-3-933385-48-2

Motorrad-Krimis
im Highlights-Verlag

Die Leiche im Lavendelfeld
Karin Schickinger
Julians und Mercys 2. Fall

Ein Motorradbekleidungshersteller hat einen bekannten Modeschöpfer engagiert, der eine neue Kollektion entwerfen soll. In einem Hotel am südfranzösischen Lac de Ste. Croix treffen sich die Assistenten des Meisters mit den Vertretern des Herstellers, um Prototypen zu testen. Zufällig wohnen die Tourguides Mercy und Julian mit ihrer Motorradreisegruppe auch in diesem Hotel. Da geschieht ein Mord. Mit der Ruhe ist es nun vorbei – Mercy und Julian werden in die Affaire verwickelt.

Print-ISBN:
978-3-933385-51-2

Schüsse am Schauinsland
Karin Schickinger
Julians und Mercys 3. Fall

Am Schauinsland wollen die beiden Tourguides nur eins: Mit ihren Gästen Motorradkurven sammeln. Doch von Anfang an geht alles schief. Das exklusive Hotel ist nicht gebucht, die Reisegruppe muss in das einsam gelegene, unbewirtschaftete Berghotel umziehen. Am Anreisemorgen liegt zudem eine tote Frau auf dem Vorplatz. Und nach einer Verfolgung durch den nächtlichen Schwarzwald wird endgültig klar: Mit einer Toten gibt sich der Mörder nicht zufrieden.

Print-ISBN:
978-3-933385-63-5

Motorrad-Krimis
im Highlights-Verlag

auch als eBook

Auf St. Pauli stirbt man zweimal
Hans Kettwig

Als Jan im Schuppen seines Onkels Pit eine alte Triumph findet, kommen unangenehme Familiengeheimnisse ans Licht. Jans Vater und sein Bruder Pit waren in den Siebzigern in Hamburg als Rocker unterwegs. Bis Pit das Opfer eines mysteriösen Motorradunfalls wurde. Hat Störte, damals ein Freund aus der Rocker-Clique und später eine bekannte Kiezgröße, etwas mit dem Unfall zu tun? Jan macht sich mit der Triumph auf die Suche. Schon bald gerät er selbst in die Schusslinie.

Print-ISBN:
978-3-933385-55-0

eBook-ISBN:
978-3-945784-04-4

Kurbelwellen weinen nicht
Hans Dölzer
Jo-Jos 1. Fall

»Ich kann es nur bestätigen«, sagte der Gerichtsmediziner. »Alle Skelette sind über dreihundert Jahre alt. Bis auf eins.« Jonas Jordan, genannt Jo-Jo, Motorrad-Journalist aus Leidenschaft und Heidelberg, macht in der nordhessischen Provinz eine grausige Entdeckung. Die Kirchenhistorikerin Beate Aschenbrenner und er fahren auf ihren Motorrädern bis in Jordans Kindheit zurück, um nicht nur die Identität des Täters, sondern auch die des Opfers zu ermitteln.

Print-ISBN:
978-3-933385-65-9

Der Motorrad-Pfarrer und die Millionenbeichte

Steffen Schulze

Print-ISBN:
978-3-933385-78-9

eBook-ISBN:
978-3-945784-00-6

auch als eBook

»Er öffnete vollends die Augen und blickte direkt in den aufgedeckten Schambereich von Marie Schulze, geborene Meier. Sie war rasiert. Nicht ein kleines Härchen bedeckte die weichen Hauterhebungen und Biegungen. Die Wölbungen und Vorsprünge hatte Max bisher nur auf Bildern, jedoch noch nie in dieser Detailschärfe gesehen. Und über allem prangte ein geschwungenes *GG*.«

Der junge Eisenacher Priester Max Hader wird zu seiner ersten Beichte in eine Justizvollzugsanstalt gerufen. Dort eröffnet ihm ein todkranker Bankräuber, dass er fünf Millionen Euro auf einem Schweizer Nummernkonto deponiert habe. Das Passwort hierfür sei im Schambereich von sechs Frauenkörpern eintätowiert. Da Haders Gemeinde das Geld für die Erhaltung des Kindergartens dringend braucht, überwindet er seine Glaubensgrundsätze und macht sich auf die Suche nach den sechs Frauen. Tatsächlich findet er die ersten drei relativ schnell – in einem Männermagazin, in einer Sauna und bei einem Physiotherapeuten. Mit Witz und Cleverness verschafft sich der Priester einen Blick auf die Tattoos. Doch dann gerät Max unter Mordverdacht, und bevor er die restlichen drei Frauen ermitteln kann, muss er vor der Polizei fliehen.